JN131636
大学入学時から噂されていた
美少女三姉妹、
生き別れていた義妹だった。
夏乃実
ill.ポメ

「えっと、自分がその……遊斗です……。あの、今日十数年ぶりに会う……」
「え？」
次女・花宮美結
#01 三姉妹との再会……？

「……え」
「はっ？」
三女・花宮心々乃
長女・花宮真白

「これはとても恥ずかしいこと
なのですが、遊斗お兄さんのため
でもありますから……」
#02 長女、真白とのドキドキデート

恥ずかしさでいっぱいなのだろう。
より強く体を預けてくる真白。
その反動というべきか、
柑橘系の香水が強く香り、か弱い力と、
柔らかい胸の感触が腕から伝わってくる。

「……ゆ、遊斗お兄ちゃん……」
気づけばもう、心々乃の口は勝手に動いていた。
有無も聞かず、腕を伸ばして
遊斗の指先を五本の指で握っていた。
#03 三女、心々乃との帰り道

「……あ、あのさ？　遊斗兄ぃ。
心臓のアレ伝わってたらマジごめ」
#04 次女、美結と満員電車で……

contents

presented by
Natsunomi & POME

大学入学時から噂されていた美少女三姉妹、生き別れていた義妹だった。

夏乃実

GA文庫

カバー・口絵　本文イラスト
ポメ

プロローグ

prologue

「ねえ美結、心々乃。距離……近いよね？　もう少し離れようね？」

「え？　そんなことないって」

「うん。そんなことない」

「絶対そんなことあるよね⁉　大きなソファーなのに、遊斗さんが身動き取れなくなってるんだからっ！」

「は、はは……」

　三姉妹が住む清潔感のあるマンションのリビング。

　部屋に招待され、ソファーにかけるように案内された遊斗は、早速の苦笑いを浮かべながら、緊張を隠していた。

　座った瞬間、右隣に次女の美結。左隣に三女の心々乃が腰を下ろしたことで。

　それも長女の真白が言うように、肩が当たってしまうほどの距離に座られている現状である。

「わざわざ来てもらっているのに、最初からこんな迷惑をかけて……」

「——遊斗兄ぃ、映画なに見る？」

「ワンピス……好き？」

「誘導禁止だって心々乃。それ言ったらそれ見る流れになるじゃん」

都合が悪いことを言われている自覚はあるのだろう、真白の声にはあからさまに耳に蓋をしている次女と三女。

この花宮三姉妹を知らない人が見れば、長女がハブられている。イジメられている。そう感じたりもするだろう。

しかし、全員の仲がいいことを遊斗は知っている。

「……まったくもう。今日の二人の夕食、苦手な食べ物入れちゃうからね」

「え？　いやいや、ちょっとそれはライン越えてるって」

「理不尽……」

このようにパワーバランスが明確に決まってるやり取りを見ていることで。

さらには全員が全員同じ大学を選び、ルームシェアをしていて、ギスギスした雰囲気もないのだ。

三人にとってはこれが当たり前のやり取りで、当たり前の生活なのだろう。

このまま美結や心々乃の相手をするのも間違ってはいないのだろうが、〝義兄〟の立場としては、正しい行動ではないだろう。

首を回して気にかけるように真白の様子を窺えば——すぐ目が合う。

『ありがとうございます。でも本当に平気ですから』と伝えてくるように、ニコッと微笑んで全員分の緑茶を用意し始めた。

本来ならば手伝いの一声をかける遊斗だが、『一人でやれることは一人でやりたい』という
信念を持っている真白には、素直に甘えを見せるのが一番だった。

「……ね、遊斗兄ぃ」

「うん？」

アイコンタクトを終えて視線を戻せば、すぐに話しかけてくる美結がいる。

「さっきあたし達がされた注意さ、真白姉ぇのヤキモチが入ってるって言ったら信じる？」

「と、言うと？」

「お茶注ぎ担当はじゃんけんで決めたからさ。置いてけぼりにされてああなってるの」

「真白お姉ちゃんは一番の甘えん坊」

「そ、そうだったっけ？　昔からしっかりしてた印象があったような……」

「まあまあ見ててって」

ニヤリと目を細める美結に、コクコクと頷いている心々乃。

どこか確信している二人に首を傾げていれば、歩幅の小さい足音を鳴らしながら、四つのコップを乗せた木製のトレーをテーブルに置く真白がいる。

「ありがとう」

と、お礼の声が被るのは三人が一緒。

次の瞬間には「いえいえ」と両手を振りながら、遊斗と美結の隙間に手を入れ、さらなる隙間を作ろうと奮闘する真白がいて——『言った通りでしょ？』なんて横目で訴える次女は、自分の膝の上に軽々と真白を乗せたのだ。

「さ、さて！　映画はなにを見ましょうか！」

真白はこの体勢でもよかったのか……特にツッコミもなく、自然に会話を繋げてくる。

「あ、あはは。じゃあ心々乃さんオススメのワンピスで」

「やったー」

抑揚のない声ながらも、両手を上げて嬉しさを伝えている心々乃。

平和な休日。

それに加えて〝今までになかった〟賑やかな日が訪れたのは、離れ離れになっていた三人と再会できたのは、とある日の報告を聞いたことがキッカケだった。

そして、始まった映画に夢中になる遊斗は気づきもしなかった。

三姉妹それぞれが、遊斗の横顔に多くの視線を向けていたことを——。

第一章　キッカケ

　桜が舞い散る四月の中旬。

「はあ。弟か妹がほしい」

「これまたいきなりだなぁ……」

　全国でも上位の偏差値を誇る旧白埼大学。その学食の中――。

　新学期が始まり大学二年になった山下遊斗は、昼食を取りながらツッコミを友達に入れていた。

「だってよ、オレがこの大学に入った理由って弟か妹がほしかったからだぜ？　合格したら考えてやるって言われてさ」

「そ、そうだったんだ……」

　一年ほどの付き合いになる友達だが、これは初耳の情報だった。

「だからクソほど勉強頑張ったのによー……」

「その様子だと、やる気を出させるための罠だった？」

「ああ、そうだ。見事に引っかかっちまった。『歳だから無理だ』ってよ。だからお詫びで連れて行ってもらった回転寿司でクソほど食ってやったけど」

「ほう……」

したり顔で悪い表情を作っているが、かなり良心的な行動だろう。

現実的なお詫びを選んでいる辺り、優しさが伺(うかが)える。

「そういや、遊斗には妹さんがいるんだっけな？　マジで羨(うらや)ましいぜ」

「あ、うーん。いると言えばいるんだけど、いないと言えばいないんだよね」

「は？　なんだそれ」

これは100人が聞いて、全員が同じ反応をすることだろう。

遊斗は間を空けることなく説明を続けるのだ。

「これは複雑な話なんだけど、小さい頃に離れ離れになっちゃって」

「そ、そうだったのか。なんか悪ぃな」

「全然。もう昔のことで割り切ってるから大丈夫だよ」

気遣ったわけでもなく、これは本心である。

複雑な家庭事情にはなるが、母親は遊斗が一歳の頃に病死し、父親は再婚したが、その相手は三姉妹を持つシングルマザーで、その女性とも遊斗が六歳の頃に離婚。

それからは父親が独りで育ててくれた。

幼い頃はなにかと大変だったが、志願していた大学に行かせてくれて、一人暮らしをさせてくれていることを含め、父親には本当に感謝している。

「じゃあ妹さんとは全然会ってないってことか」

「もう十五年くらいは会ってないかなぁ。今なにをしてるかもわからないくらいで」

「十五年⁉　連絡も取り合ってねえのか？」

「小さな頃のことだからスマホも持ってなかったし、なかなか聞けるようなことじゃなくってね」

二人目の母親と父親の婚姻期間は一年半。

古傷を抉らないためにも、父親には聞こうにも聞けなかったこと。

ただ、妹――妹たち三姉妹の名前や性格は覚えている。

長女の真白（ましろ）はみんなをまとめるしっかりもので、甘いものが大好きな子。

次女の美結（みゆ）はヤンチャで、お風呂（ふろ）に入る時にも突撃してきたような子。

三女の心々乃（ここの）は人見知りでおとなしく、外に出る時はいつも手を繋（つな）ぐようにお願いしてきた子。

三つ子だけあって顔は似ていたものの、性格はそれぞれ違っていた。

「でも自分の一個下だから、もし大学に進学するなら新一年生になってるよ」

「ほーん。じゃあ今年入ってきたバカ可愛（かわい）い三姉妹ちゃんと同じ年代ではあるんだな」

「入学試験の時から噂になってたっけ？」

「正確に言えばオープンキャンパスの時からだな。ちなみに全員彼氏持ちじゃないらしい」

「そっか」

「ちょ、なんだよその興味ない反応。今のは『マジか⁉　じゃあ狙うか！』ってところだろうよ」

「もちろん興味がないわけじゃないよ。興味がないわけじゃないんだけど……義妹も三姉妹だったから重なる部分があって」

「ん、待て待て。はあ⁉　お前妹三人もいたのか⁉」

「そう言えば言ってなかったかも」

「お、おおおおお前マジかよ！　それ人生の勝ち組じゃねえか‼」

「う、ううん？」

妹の人数が多かったからか、珍しさがあったからか、とりあえず興奮を露わにする友達。

口から飛んだ米粒がピストル弾のように、遊斗の目の横を通過していったのだった。

＊　＊　＊　＊

時は戻り、夕方。

「みんなただいまぁ～。って――」

高層マンションのとある一室。

ちんまりとした女の子が玄関からリビングに移動した瞬間である。

「――こらっ！　またそうやって漫画を散らかして！　ちゃんとお片づけして！」

腰に手を当てて、母親がしていたように真白が注意する光景が広がっていた。

「ちょっとくらい大目に見てよー。読み終わったら元に戻すんだから」

「そんなこと言っていつも私が片づけているんだからっ！　いい加減にしないとお姉ちゃん怒るからね!!」

実際にはもう怒っている。プンプンである。

だが、残念なことに怖さは一切伝わっていない。

可愛い着ぐるみを着た人が怒っても怖くないのと同義で、それは間違いなく見た目のせいだろう。

「真白姉ぇうるさい」

「う、うるさっ……!?　私をうるさくさせてるのは美結なんだから！」

長女の真白と言い合いをしているのは、髪を金色に染めた次女の美結である。

「……美結お姉ちゃんはしっかり注意を受け止めた方がいい。二十回に一回くらいしか片づけてないから」

その間に入るのは、散らかった漫画を拾い、当たり前のように読み進める三女の心々乃である。

「ねえ。心々乃は美味(おい)しい思いをしてるんだから、あたしの味方をしなさいよ。得意の拾い読みができなくなってもいいわけ?」

「……真白お姉ちゃん。いじめはダメ」

「もおーっ!」

上手に買収された結果、味方がいなくなってしまう。こうなったらもう手もつけられない。頰(ほお)を膨らませながらズバババババッと漫画を抱える真白は、シュタタタタッっと片づけて戻ってくる。

「はあ、はあ……。もう美結のお料理には大嫌いなミニトマト入れちゃうんだから」

「そういえばだけど、今日は真白姉ぇのためにいちごプリン買ってきたんだよね」

「えっ⁉」

プリンという単語を聞き、すぐに冷蔵庫を確認して目を大きくする。

「わ、わあああ!　前から食べてみたかったお店のプリンだぁ……!　長い時間並んだでしょ⁉」

「まあ、今日は人が少なかったからラッキーっていうか?　五分で買えたよ」

「……一時間待ったって心々乃は聞いた」

「っ!　ちょ、余計なこと言わなくていいって!」

「う〜」

報復を食らうようにもちもちのほっぺを引っ張られる三女。それでも無抵抗のまま拾った漫画を読み続けている。

水を差すだけ差しておいて、すぐに自分の時間に戻ろうとしたのは一種の気遣い。

真実を聞いた真白と真実をバラされた美結は、このタイミングで目が合う。

「……こ、こほん。わかりました。今日は特別にミニトマトを入れないようにします」

「別に一時間も待ってないし」

「それでも今日は入れないようにします」

照れ隠しなのはお見通しである。

「ふふっ、ご飯食べ終わったらみんなでプリン食べようね～?」

「ん」

「ま、まあそのくらいなら全然いいけど……」

家の中でご飯やおやつを食べる時は、毎日のように三人で同じ時間に食べてきたのだ。

仲の良さは誰(だれ)にも負けないと言っていいだろう。

「じゃあすぐにご飯作っちゃうね!」

「お願い」

「よろしくー」

長女は料理担当である。

壁にかけた小さなエプロンを着て、さっそく料理の準備を始める。

冷蔵庫を開け、上段にある味噌を取ろうと爪先立ちする。

「む、むぅぅぅ……」

手をブンブンとさせ、残り数センチ先にある味噌を取ろうと全力で爪先立ちする。

だが、この結果が変わることはない。

「あたしが取ろうか？　真白姉ぇちっちゃいから自力じゃ届かないじゃん」

「……っ」

『ちっちゃい』の言葉を聞いたことにより、ピタリと動きを止める真白。

ゆっくりと後ろを振り返りながら、瞳孔を開き、ゆっくりした口調で美結に言うのだ。

「もうミニトマト、絶対入れるから」

「あ、あたしは気遣っただけじゃん！」

「……毎回そうなるから、下の段に入れればいいと思う。上の段が保存に最適なところでも、影響は少ないよ」

「……心々乃にはしいたけ絶対入れるからね」

「アドバイスしただけなのに……」

次女の美結、身長１６５センチ。

三女の心々乃、身長１５５センチ。

長女の真白、身長１４５センチ。

一番上のお姉ちゃんでまとめ役でもある真白だが、コンプレックスを刺激されてしまうと理不尽（りふじん）の鬼と化する。

そうしてもう一度上段に置かれた味噌取りに挑戦する長女と、その光景を『だから届かないって……』というようなジト目で見る美結と心々乃。

結果は予想した通りである。

「……ふう」

諦（あきら）めたように息を吐き、隅に置いた踏み台を移動させて味噌を手に取った真白がリビングを見れば――ジト目でこちらを見る二人がいる。

「な、なんですか。二人のそのなにか言いたげな目は」

「いや、なんでも」

「……わたしも」

コレを正直に言えば、また理不尽な目に遭わされることを知っている。だからこそのこの返事をする二人だった。

そうして、苦手な食べ物を入れられることなく、無事に迎えた三人の食事中。

「――えっ、ええ!?　私達が通ってる大学に遊斗お兄さんも通ってるの!?」

母親からの電話を取った真白は、目を丸くして頓狂な声を漏（も）らしていた。

母親との通話時間は十五分。

電話が切られれば、すぐに三姉妹の会話が始まるのだ。

「いやいや、さすがに急展開だって。マジの方で遊斗兄ぃがいんの？　あたし達の大学に？」

「……本当に？」

「う、うんっ！　遊斗お兄さんはあの大学の二年生だから、わからないことがあれば頼ってもいいようにお願いしてるだって！」

大学に進学してまだ三日目の彼女らは、大学内の施設を利用したり目的の教室に行くだけでも四苦八苦する。

しっかり者であるが方向音痴の長女、真白はすでに両手で数えるくらいに迷ってしまっているほど。

「で、でもさ、今さら会うのとか恥ずくない……？　あの人の顔とか正直、覚えてないでしょ？」

「……美結お姉ちゃんが会うの、一番恥ずかしいのはわかる。遊斗お兄ちゃんと毎日お風呂入ってたから」

「なに言ってんのさ。別に入ってないいんだけど」

人差し指で金の髪をくるくる回しながら口を尖らせる美結。強がった態度の彼女に追撃をかけるのは真白である。

「う～ん。一緒にお風呂に入ってたって言うよりも、美結が自分から突撃してたような」

「あ、そうだった。遊斗お兄ちゃんに甘えて頭とか洗わせてた」

「だっ、だからそんなことしてないしマジで！」

当時の記憶があるように顔を真っ赤にする美結は、勢いのままに話を変える。

「てか！　心々乃は遊斗兄ぃのベッドによく潜り込んでたじゃん。いっつも抱きついて寝てたくせに」

「っ」

「ほーら図星。顔が赤くなってさ」

「赤くなんか、なってない……」

「はいはい。あんただって会うの恥ずいくせに」

「……美結お姉ちゃんより恥ずかしくない」

「同じくらいでしょ！」

「一緒に寝るのとお風呂はレベルが違う。全然違う」

ガーガーと言い合いをする次女と三女。

その様子を微笑ましく見つめる長女は、余裕ありげに口を突っ込む。

「美結と心々乃は遊斗お兄さんにたくさん甘えてたもんね。お別れする時はたくさん泣いてた記憶があるな～。懐かしいなあ」

「一番泣いてたのは真白姉ぇじゃん。なんでもかんでも遊斗兄ぃを頼ってたし、デザートが出る度に半分分けてもらってたし」

「……わたしも同じ意見。あの時に一番泣いてエネルギーを使ったから……そうなった」

「――え？」

小柄すぎる体に視線を向けて言う心々乃だが、それは絶対にしてはいけないこと。

「ねえねえ、『そうなった』って、一体なんに対してそうなったって言ったのかな。多分だけどそれは身長に関係ないよね。美結もちょっと頷いたよね」

「……」

「……」

バツが悪そうに二人して視線を逸らせば、もう拗ねてしまう。

「二人は大きいから、まだまだ私だって身長伸びる可能性あるんだもん……。成長が遅いだけだもん……。胸は大きくなってるもん……。いつか大きくなって絶対からかってあげるんだから……」

――ボソボソ、ボソボソと。

「あんたのせいで巻き添え食らったじゃん。ほら、早く謝って」

「ごべんなさい……」

隣に座る美結から頬を抓られる心々乃。

これが次女と三女の差である。

小さな背中から『ゴゴゴゴ！』とラスボスのようなオーラを溢れさせていた真白は、この謝罪を聞いて圧を消した。

「……ち、ちなみになんだけどさ、二人は遊斗兄ぃと会う予定なの？　関係複雑だし、会ったら会ったでお通夜みたいな空気になりそうじゃない？」

「それでも私は……会いたいな。この機会を逃したら、もう会えないと思うから」

「真白お姉ちゃんが会うなら、わたしも会う」

「ええ、二人ともめちゃくちゃノリ気じゃん……」

心々乃もこっち側だと思っていた美結は、呆気に取られた様子。

「さっきも言ったけど、遊斗兄ぃの顔とかわかんないでしょ？　連絡先も持ってないし、どうやってスケジュールを合わせるわけ？」

「それはお母さんに伝えれば大丈夫なんだって。多分だけど、遊斗お兄さんのお父さんと連絡を取って調整をするんじゃないかな」

「ふーん」

「だから美結も顔を合わせよう？　ね？」

「ま、まあ二人が会うなら、あたしも会うけどさ？　せっかくだし……」

美結もまたボソボソと。

正直な気持ちを引き出させた真白はさすがの長女だろう。

「ま、まさかこんな機会が巡ってくるとは思わなかったね。遊斗お兄さんもあの大学に通っていたなんて……」

「うん。もう一生会えないかと思ってた」

「偶然すぎて怖いくらいじゃない？」

「ふふっ、本当にすごい偶然だよねっ！」

椅子に座り、床につかない足をプラプラ揺らす真白は本当にご機嫌である。

「真白お姉ちゃんとても嬉しそう」

「デザート食べてる時と同じ顔してるじゃん」

「だってあの遊斗お兄さんに会えるんだよっ⁉　それもみんなで！」

語尾に音符をつけるような声でルンルン気分の真白は、小さな両手を合わせながらニマニマしている。

「どんな風になっているのかな⁉　あっ、遊斗お兄さんとどんなお話をしようかな！」

兄とは血が繋がっていない三姉妹だが、それでも家族だったのだ。

ふわふわした雰囲気がリビングを包んでいく。

その場にいるだけで微笑ましさを感じるような空気が充満していく。

だが、ふと口にした心々乃の言葉によって、ソレは崩壊を辿るのだ。

「……遊斗お兄ちゃんに彼女さんがいるか、聞かないの」

「へっ？」

「真白お姉ちゃんの初恋の人だよね」

「っ!!　ち、ちちち違うよ⁉」

心々乃から真白へ口撃が繰り出されれば次はこう。

「え、えっとその、美結の初恋の相手が遊斗お兄さんだよね？」

「はっ⁉　全然違うし!!」

真白から美結へ。

「あ、あれじゃん。それは心々乃じゃん」

「そ、そんなことない……」

最後は美結から心々乃へ。

三姉妹なだけあってか、息が合うようなやり取りが繰り出される。

「そ、そもそもの話、初恋だろうがなんだろうが今は関係ないでしょ？　今はもうぼんやりとした記憶なんだし、顔だってわからないし」

「そ、それもそう……かな？」

「多分」

なんて話を完結させる三人だが、物心がついた時からそれぞれ気づいていることがあった。

それは、好きな男の人のタイプが全く同じだということ。
そして、この三姉妹は知る由もない。
母親の仲介なく、顔も忘れた彼とそれぞれ出会いを果たすことを――。

第二章　十数年ぶりの再会①

「ほ、本当にこんなことがあるんだなぁ……」

一人暮らしをしている静かな部屋の中。

スマホに記録された昨日の通話時間の画面を見ながら、しみじみとした声を漏らす遊斗がいた。

昨日、カフェのバイトの休憩中に父親からいきなり電話がかかってきたのだ。

『おう遊斗、今時間大丈夫か？』

そんな言葉から始まり。

『お前覚えてるか？　昔一緒に生活してた妹達のこと』

『も、もちろん覚えてるよ！　それがどうしたの？』

『突然で悪いんだが、あの子らが遊斗と同じ大学に通うことになったらしいんだ』

『え……？』

『そんなわけで、新しい環境に慣れるまではいろいろ手助けしてやってくれ。向こうからまた連絡あったら遊斗に教える』と。

状況の整理に苦労したが、手助けすることは喜んで了承。断る理由なんてなにもないのだから。

そして、せっかくの機会だからといろいろなことを聞いた。

どの学部に通っているか。

また、どうしてその情報を知っているのか、と。

全ては——別れた母親からそのような連絡があったとのこと。また、連絡先を消さないように予めルールを定めていたとのこと。

『子どもが関わることは、過去のいざこざを抜きにして連絡を取り合うこと』と。

『必ず連絡を取り合えるような状態にしておくこと』と。

離婚時にこのことを約束していたらしく、その約束が両者間で守られているおかげで、今回のような話が舞い込んだということらしい。

「……すごいよなぁ、本当……」

離婚をしているだけにギクシャクした関係なはずだが、しっかりと筋を通している二人。

約束をしていたとはいえ、これは誰にでもできることではないだろう。

改めて尊敬の念を抱く遊斗は、スマホをポケットに入れて大学に向かう準備を少しずつ進めていくのだ。

大学に着いた時刻は八時五十分。

一限の始まりまで残り十分を切った時間のこと。

「う、うう……」

「ん?」

大学の玄関口からキャンパスに入った遊斗は、視界の端に映した。

いかにも小学生のような身長と見た目をしたおさげの女の子が、周りをキョロキョロしながら右往左往しているところを。

さらには大学案内図を指でなぞりながら——なぞればなぞるだけ首を傾げている女の子を。

(え? あ、あれは大学に迷い込んだ小中学生……じゃないよね? って、講義までもう時間がないけど、あの様子だと絶対マズいような……)

案内図を見てもなにもわかっていない様子で、焦(あせ)っているように腕時計を何度も確認している。

「……」

初対面の相手に話しかけることは苦手な遊斗だが、なにもしなければこの子が講義に遅れてしまうだろう。

一度目にしてしまった以上、知らないフリをするというのは心苦しい。あとになって必ず後悔する。

「あ、あのー……」

「っ⁉」

勇気を出して声をかければ、ビクッと肩を上下に揺らして振り返る女の子。

毛先まで整った綺麗な黒髪のおさげにまんまるの青色の目。細く整った眉に、幼い顔立ちに似合わぬ大きな膨らみのある胸。

可愛らしい容姿をしているだけにどこか頼りない印象があるが、どこか大人っぽさを感じる不思議な子だった。

「もし間違っていたら大変申し訳ないんですが……講義を受けるための教室を探されていませんか？」

「あっ、はいそうなんですっ！　C23の教室に全然辿り着けなくて……！」

助けを待っていたのか、グイッと近づいてくる。

「Cならあっちの棟ですね。こっちはA側ですから」

「そ、そうなのですか⁉」

「はい。なのでまずはあっち側に向かってもらわないとなんですけど、無事に辿り着けそうですかね？」

「………」

時間が迫ってきているのは理解しているのだろう、言葉に詰まっているように大きな目をパチパチさせ、困り顔で目を細めていく。

泣きそうに見えるのはきっと幼い容姿のせいだろう。

「あはは、ではじゃあその教室まで案内しますね」

「いいんですか⁉」

「もちろんです。ちょうど暇してたところですから」

「ありがとうございますっ‼」

丁寧に頭を下げられた後、思った以上にちっちゃい歩幅に合わせて、先導を始めていく。

「ここの大学は広いし複雑ですから、迷っちゃいますよね。僕も最初のうちは苦労しまして」

「そ、そうなんです！　案内図を見ても全然わからなくて……。かれこれ二十分から三十分はウロウロしていまして……」

「そんなに⁉」

「は、はい……。知らない人にお声をかけるのはなかなか難しくて……ですね」

「ああ、それは僕も同じですよ」

小さな肩をすぼめながら上目遣い(うわめづか)いで伝えてくる女の子に笑い返す。

「っと、ここ段差があるから気をつけて」

「あっ、ありがとうございます。……本当にお優しいですね」

「い、いやいやそんなことは」

女の子からこのように褒められたのはいつぶりだろうか。

気恥ずかしさに襲われ、手を振りながら否定する。

「あ、あの……こんなことを言うのは変ですけど、初対面なのにこんなにお話のしやすい方に出会ったのは初めてかもしれないです」

「実はそれ僕も感じていて……。初対面なはずですけど、初対面じゃないみたいな感じしますよ」

「ふふっ、同感です」

お互いに顔を見合わせて微笑み合う。

初対面が苦手な遊斗だが、なぜか尻込(しりご)みすることもない。

そして、こんなに親しいやり取りができると思わなかった両者は、会話を途切れさせることなく目的地に到着するのだ。

「あそこに見えるのがＣ２３の教室です」

「わあ～、本当にありがとうございましたっ!!」

「とんでもないです。それでは講義頑張ってくださいね」

「はい！　あっ、今回のお礼をさせていただきたいので、先輩のお名前を伺っても――」

と、タイミングが悪いことに、この声に被(かぶ)さるようにチャイムの鐘が鳴り響く。

「――ッ！」

その音に動悸を早くする遊斗である。

『ちょうど暇してたところ』なんて理由で案内したものの、彼女と同じように一限から講義が入っているのだから。

そうでなければ、この時間から登校することはないのだか。

「ほ、ほら、それよりも出席を取る前に早く教室に」

「え、あっ、はい……」

「それじゃ、僕もこれで失礼しますね！」

「あっ……」

聞かれたこと——名前は教えておくべきだっただろう。

それを判断できなかったのは、『遅刻』という状況に心の余裕がなくなっていたから。

早口になって別れを告げた遊斗は、廊下を歩いて進み、曲がり角に差しかかったところで走って移動した。

『案内をさせたばかりに遅刻させてしまった』

全てはそう思わせないように、彼女の目が届く範囲では〝急いでいない〟ことを見せるための『歩き』だったが、慌てていたために脇が甘かった。

真白は走る寸前の構えと、その足音を見聞きしていたのだ。

なぜ急いでいたのに歩く行動を取っていたのか、優しさがたくさん見えた彼だからこそ伝わるのだ。

「お名前聞きたかったな……。本当に聞きたかったな……」

残念そうに目を伏せ、後ろ髪を引かれる思いのままに教室に向かうのだった。

「大学に優しい人がいたこと……美結と心々乃にお話ししよう」

素敵な時間だったからこそ、そう思う真白だった。

＊　＊　＊　＊

「うお、今日は特に学食混んでるなぁ……」

午前の講義が終わり、その昼休み時間。

少し遅れて学食に向かえば、そこには人集りができていた。

学食に入る時間が遅れたこともあるが、新入生も少しずつ環境に慣れ始めたことでこの状況が生まれているのだろう。

（……あらら、今日はコンビニでいっかな）

友達は午後からの講義なため、今は遊斗一人である。

値段や量を考えると学食の方が優しいが、一人で並ぶというのは気乗りしない。

大学内に設置されているコンビニに足を運び、商品を品定めしていく。

（おっ、よしよし！　あったあった……）

それから、いつも売り切れの焼きそばパンにコロッケパン、そして唐揚げおにぎりを買い物カゴに入れるのだ。

（もしかしたら、今朝新入生に教室を案内したことが影響してるのかも……。なんていいことをしたらいいことが返ってくる、と言う。

まさにその通りの出来事が起き、ほかほかとした気持ちになる。

（それにしてもあの新入生の女の子、本当に話しやすかったな……。小中学生だと勘違いしちゃったけど……）

大学内にいたから在学生だとわかったが、それ以外の場所で会った場合、大学生だと判別することはできなかっただろう。

ただ一つ言えることは、幼い見た目とは裏腹に、大人っぽい立ち居振る舞いや、その雰囲気のギャップが強烈だったということ。

（でも、なんであんなに話しやすかったんだろう……）

幼い容姿だったから、子どもを相手にするように接することができた。というのはまた別な気がする。

（本当、不思議なこともあるというか……）

そんなことを思いながら、お菓子コーナーに移動。

これまた残り一個となった商品――遊斗お気に入りのいちごミルクの飴に手を伸ばしたそ

の時だった。

「あ」

「あ……」

隣から急に伸びてきた白魚のような手に触れてしまう。

パッと手を退きながら反射的に隣を見れば、今朝の小さな女の子とどこか雰囲気の似ている女の子がいた。

宝石のように綺麗な青の瞳に、うっすらとかかっている茶色の長い髪。色の薄いピンクの唇。

お人形のような歪みのない顔立ちで、大人しそうな印象。

そんな彼女と無言で目を合わせること三秒。先に我に返るのは遊斗だった。

「あっ、すみません！　先だったのでどうぞ」

「あ、あなたが先……です」

「いえいえ、自分が後だったので気にしないでください」

「わたしが後……でした」

人見知りがあるのだろうか、もしくは男が苦手なのか、触れてしまった手を胸の前で抱えて目を合わせないように立ち回っている彼女。

さらには聞き逃してもおかしくないほどの小声だった。

「あ、あの……僕はまだいくつか残ってるので、本当に大丈夫です。今回はストックするために、みたいなところもありまして」

「わたしも、いくつかあります……」

「僕は五個くらい残ってますので」

「じゃあ……わたしは十五個……」

(……『じゃあ』って言ってるよ。絶対十五個も持ってないよ……)

しかもいちごミルクの飴は十五個入り。

一袋まるまる残っているのにもう一袋買おうとしている計算になる。

もちろんお気に入りの商品をたくさんストックする人もいるだろうが、『じゃあ』と口にした彼女にそれは当てはまっていないだろう。

だが。

(……こう言ってくれるのは、譲ろうとするためで……)

自分も食べたいはずなのに、譲ろうとしてくれる。本当に心優しい性格をしている。

その性格や人柄が十分伝わっているからこそ、遊斗だって譲りたいと思えるのだ。

ここで使うのは一つの切り札。

「あの、これはお答えできたらでいいんですが……あなたは新入生ですかね？」

「……」

「うん?」

質問に対してなにやら考えるような無言。返事を促すように首を傾げた矢先、言われる。

「わたし、四年生」

「えっ」

「最上級生。絶対先輩」

(マジ、か……)

おずおずや、おどおど。

そんな様子を見せているだけに、新入生かと思っていれば予想は大外れだった。

挙句に遊斗が考えていた切り札をそのまま使われる。

「だから……〝先輩〟が譲る」

「せ、先輩でしたか……」

「先輩……だよ」

自信のない態度からはどう見てもそう思えないが、彼女がそう言うのならばそうなのだろう。

「だから、あなたがどうぞ」

「本当にいいんですか?」

「うん、平気」

本当はもっと抵抗したかったが、相手が先輩なら分が悪い。

いちご
ミルク

「で、では、お言葉に甘えて……本当にありがとうございます」

「大丈夫。わたしは先輩……」

自分に先輩だと言い聞かせているような気がするが、これは考えすぎだろう。

「……じゃあ、わたしはまだ買い物するから」

「わ、わかりました」

「うん……。ばいばい」

手をひらひらとさせた後、逃げるように別のコーナーに早足で移動する先輩。

出会った瞬間に逃げる某メタルスライムのような彼女と目が合ったのは、最初に手が触れた時くらいだろうか。

小動物のような性格の彼女ともここでお別れである。

欲しいものを全て買い物カゴに入れ終えた遊斗はレジに向かい、店員に会計をしてもらう。

「お会計が６１７円になります。袋は有料ですがご利用になりますか?」

「あっ……」

店員から聞かれた途端、ここで一つの妙案を考えつく。

「すみません、袋は二つでこちらの飴とわけていただけますか?　シールも貼っていただけると助かります」

「かしこまりました」

そのやり取りをしながら会計を済ませ、一旦コンビニの外へ。

飴の袋を丁寧に開け、中から五個ほど手に取った遊斗は、その飴をポケットに。

「……」

次にポケットから大学やバイト先の両方で使っているメモ帳を取り出し、ペンを走らせる。

そして、丁寧に紙を畳んで袋の中にに入れるのだ。

これがついさっき考えついたこと。

再びコンビニの中に入った遊斗は、サラダを見ている先輩を見つける。

「すみません先輩」

「っ！　な、なに？」

『なんでまだいるの⁉』と、高速で振り向いてくる某メタルスライム先輩。目が合ったのは一瞬でまたすぐに逸らされるが、特に気にせずに口を開く。

「あの、これをどうぞ」

「え？」

渡した袋を手に取ったことを確認すれば、すぐに頭を下げる。

「それでは失礼しますね」

「あっ……」

買い物の邪魔をしないためにも、すぐに撤退する。

（それにしても、今日はいい人とたくさん関わるなぁ……）

そんなことを思いながらクスッと笑い、ポケットの上から飴をポンと叩く遊斗は、快い気持ちのまま午後の講義を受けることができていた。

そうして日も暮れた時間——十九時五十五分。

「ご利用ありがとうございました！」

三限を終えた後、すぐにバイト先のカフェ、タリィズで働く遊斗は、レジに立ってたくさんの客を捌いていた。

ここは駅近のカフェ。来客が多く、他よりも忙しい店舗である。

「ふう……」

働けば働くだけ疲れは当たり前に溜まるもの。

お客さんに見られないようにまた一息ついた時、一緒に働いている同い年の同僚が一人、気の利いた言葉をかけてきた。

「遊斗さん、もうそろそろ休憩の時間っすよね？　今は客入り落ち着いてますし、オレに任してくれていいっすよ！」

「あっ、本当⁉　それじゃあお任せしていい？」

「もちろんす！」

「ありがとう。それじゃあ二十時四十分には戻ってくるね」

「了解っす！」

本来の休憩時間は二十時からだが、臨機応変に対応を、というのが店の方針。

店員同士で判断しても特に問題ないこと。

そうして四十五分の休憩を取りにスタッフルームに入った遊斗は、私服に着替えてすぐにレジに戻る。

「ごめん、アイスティー一つお願い。シロップはなしで」

「どもっす！」

店員同士のやり取りだからこそ、このラフさである。

すぐに会計を済ませて冷たいカップを受け取れば、店内を見渡しながら席探しを始めるのだが——少し前に客入りが激しかっただけに、なかなか空席を見つけられない。

（んー。どこにも座れそうにないなぁ……。かといってスタッフルームに戻るのもなんだし……）

そう。今の時間はとある理由でスタッフルームを利用しづらかったのだ。

キョロキョロ首を動かしながら、店内をぐるぐると回っていたその矢先だった。

「あ、そこのお兄さん」

「ッ、は、はい……？」

　いきなり声をかけられ振り向けば、ギャルのような容姿をした金髪の女の子が、アピールするようにひらひらと手を上げていた。

　なぜだろうか、毛先まで整った髪を一つに束ねた彼女は、また偶然にも今朝と昼に大学で出会った女の子と似た雰囲気がある。

　鋭いながらも大きな青の目。整った鼻筋にピンクの唇。

　整った容姿をしていることもまた同じだった。

「お兄さんってこのカフェの店員さんよね？　ちょっと前にあたしのお会計してくれたの覚えてるし」

「そ、そうですね。こちらも覚えております」

「さっきからぐーるぐるしてるけど、席探してんの？」

「で、ですね……。休憩中なので席を探しているのですが……なかなか空いていなくて」

「んじゃ、ここ座りなよ。空いてるから」

　最後まで言わずとも伝わったのか、ネイルを施した爪を立てて誘ってくれる。

　そんな彼女が座っているのは、小さなテーブルの二人席。そこに一人座って勉強しているため、一席空いているというもの。

「あの……本当にお言葉に甘えてもよろしいんですか？」

「うん、あたしは特に気にしないから」

「あ、ありがとうございます。それではお邪魔させていただきます」

今までにこのような体験をしたことはもちろんない。

『ありがたい』と『戸惑い』の気持ちが混合する中、ギャルらしいコミュニケーション能力の高さに驚嘆するばかりである。

スペースを空けてもらい、その席にゆっくり座る遊斗は、アイスティーを飲みながら話題を一生懸命考えるも――。

「――あのさ、ここのカフェってスタッフルーム的なとこで休憩できないの?」

さすがの能力で先に話題を振ってくれる。

それも勉強の手を止めて、こちらに目を合わせてくれながら喋(しゃべ)りやすくしてくれて。

「あ、いつもはそちらで休憩しているんですけど、今日は店長が業務の電話をしてたので……」

「空気を読んで出たんだ?」

「あはは……。そんなところですね」

「なるほどねー。休憩できないならちょっと不便じゃない? って思って。まあゆっくりしていきなよ。客のあたしが言うのもなんだけどさ」

「いえいえ、本当に助かります」

会話を引っ張ってくれるからか、初対面の気がしない。

もしかしたら何度も利用してくれている客なのかもしれないが、忙しい職場でもあるために彼女の記憶はない。

「あ、あのー、お姉さんは勉強を？」

「ん、そだよ」

話題を振ってくれた分、こちらも話題を返す。

テーブルの上に置かれているのはカフェドリンクと大学生用の教科書、ノートに可愛らしい文房具。

聞かずとも勉強しているのはわかっていたが、話を膨らませるという目的のためにも、触れておきたかったのだ。

「一人でコツコツ頑張ってるの偉いでしょ？」

「はは、確かにそうですね」

『遊んでそうな見た目』と思うのは失礼だが、かなりの努力家なのはノートの取り方を見ただけでもわかる。

わかりやすく復習できるように、蛍光ペンやボールペンで色分けもされている。

大学の教科書には付箋も貼ってある。

「これはその……受験勉強ではないですもんね？」

「そ。普通に大学の予習。これめちゃくちゃ自分語りになるんだけど、あたしには姉と妹がいてさ、その二人がめちゃくちゃ頭いいの。だから集中できる場所で勉強しないとついていけないんだよね。……昔っから」

「それにしては難関大学が使うような教材を使ってません？」

「そんなことないって。ぼちぼちだよぼちぼち」

なんて謙遜をしているが、同じ教材を使って大学の勉強をしている遊斗なのだ。言葉に騙されたりはしない。

「……んー」

「……」

英語の教材を見て、眉間にシワを寄せながら手が止まっている彼女。

「……うーん」

「………」

無意識だろう。また悩むような声を上げている。

「はあ。マジでなんでここが『Any』じゃなくて『Some』なわけ……。別に『Any』でも間違いじゃないじゃん……」

その声にいち早く反応するのは、アイスティーをテーブルに置いた遊斗である。

「もしよかったらなんですけど、その教材を覗かせてもらっても大丈夫ですか？」

「え？　別にいいけど」

勉強中であるにもかかわらず、嫌な顔もせずに教材を半回転させて見せてくれたのは印象的だった。

「あー。ここで『Some』が使われるのは、『Some』は否定文であろうと全体に対する数量的意味を持つ一部分を表す単語だからだと思いますよ。なかなか使われることはないですけどね。」

「えっ、そだっけ？　それ完全に頭から抜けてた……」

「もちろん例外はあるんですけど、基本的にその形で覚えてもらえたら大丈夫だと思います」

「えっと、全体に対する……」

彼女は早速ノートに取っていく。スラスラ書いている字も上手である。

「……ん？　って、これ余裕で答えたお兄さん何者？　見た目的に大学生っぽいけど、めちゃいい大学通ってない？」

「ぼちぼちです」

「あたしの言葉パクんなし」

「あはは、それはすみません」

笑いながら謝ることができたのは、『パクんなし』の言葉に嫌味をなにも感じなかったから。

「ね、お兄さん。じゃあこっちがこうなってるのはわかる？」

「少し読ませてもらっても大丈夫ですか？」

「ん、全然」

「ありがとうございます。…………あー、これはですね――」

いつの間にか始まるのは、彼女がわからないところを遊斗が教えるというもの。

休憩中に頭を働かせることになったものの、この時間はなんとも楽しいもので、あっと言う間に休憩時間の終わりを迎える。

「っと、それでは僕はこれで失礼しますね。席をありがとうございました」

「こちらこそだって。本当助かったし、嫌な顔しないでくれてありがと」

「いえいえ」

「あたし好きになりそ」

「そ、そのからかいは照れますので……」

「ふふ、ごめんごめん」

別れ際に最後に思わせぶりな態度を取られ、弱くなってしまう遊斗だったが、すぐに店員のスイッチに切り替える。

その理由は一つ。

「あの、席のお礼にケーキと飲み物をごちそうさせてください」

「そんなに気を遣わなくていいって」

「でしたら先ほどのお時間、とても楽しかったので」

「……そ、その言い方はズルだって」

「はは、ショートケーキと紅茶でよろしいですか？」

「も、もう……。じゃあありがと。マジで」

途中は劣勢ではあったものの、無事押し通すことができたのだった。

＊　＊　＊　＊

ごちそうしてくれたショートケーキと紅茶を堪能しながら一時間ほどカフェで勉強を続け
――帰宅した次女の美結。

「ただいま」

「おかえり美結お姉ちゃん」

「おかえりなさーい。今ご飯の準備をしてるからね！」

リビングにはキッチンに立って料理をしている真白と、取り皿やお箸を並べている心々乃がいた。

「……あ、ごめん。すぐ洗濯物やるから」

みんなが家事をしている姿を見て、すぐに宣言する。

料理は長女の真白が担当。

洗濯物は次女の美結が担当。

箸と皿並べ、皿洗いは三女の心々乃が担当。

それ以外のことは全員で担当。

これが昔から変わらない三姉妹の基本スタイルだが――。

「洗濯物はわたしがやった」

「えっ？」

今日は少し違った。

「心々乃がやってくれたの？」

「うん、やった」

「うっそだー」

体調が悪かったり、用事があったり。

そんな時以外は、一人一人が役割をしっかりこなすようにしているのだ。

今日、この二つのことに該当していない分、疑うのは当然のこと。

片眉を器用に上げて訝（いぶか）しみながら洗濯機の中を確認すれば、入っていた衣服はなにも残っていない。

「……」

次に衣服棚と収納棚を開ければ、昨日着た服や下着が綺麗に畳んである。

本当にやってくれたことを理解する美結は、すぐにリビングに戻った。

「いや、マジでしてくれてるじゃん……。どういう心境なわけ？」

「今日はいいことがあったから、美結お姉ちゃんにおすそ分け」

「な、なにそれ。一応お礼は言っとくけどさ……」

家族からされる〝嬉しいこと〟は、なんともむず痒くて気恥ずかしいもの。

ぶっきらぼうにお礼を言い、平常心を装うようにスマホを弄りながらソファーに座るのだ。

そんな妹らの様子をキッチンから微笑ましく見つめながら、料理の手をズバババッと動かし続ける真白である。

「で、心々乃の『いいこと』ってなにがあったわけ？　久しぶりにこんなことされた気がするんだけど。真白姉ぇはもう聞いたの？」

「ううん、美結が帰ってきてから教えるらしくて」

「ふーん。そんなに引っ張るってことは相当いいことあったわけね」

「うん。美結お姉ちゃんも帰ってきたから教える」

いつも物静かで大人しい心々乃だが、今日の声色はとても明るい。青の瞳もキラキラ輝いている。

その様子のまま、少しドヤッとした顔で言うのだ。

「今日ね、大学ですごく優しい男の人に会った」

「……えっ、心々乃も⁉」

「え？　真白お姉ちゃんも？」

「そう！　私も今朝とっても優しい男性に会ったよ⁉」

「ちょっと待って、二人とも？　大学じゃないけど、あたしもカフェで丁寧なお兄さんに会ったんだけど」

「……」

『どんな人に会ったの⁉』なんて食いつかれることを想定していた心々乃は、まさかの流れに眉を顰（ひそ）める。

　それでも絶対に確信していることがある。

「でも、わたしが会った人が一番優しい。それは間違いない」

「いやいや、あたしが会った人が一番優しいから」

「わ、私が会った人が一番だと思う……よ？」

　性格は違えど、似ているところが多い三姉妹なのだ。

　それぞれが譲らないことを察した瞬間、三つの視線が絡（から）み合（あ）う。この時ばかりは真白の手も止まっている。

「違う。わたしが一番優しい人に会った」

「あたしが一番だって。マジで」

「私が一番だよ！」

全員が全員いいことがあったのだ。一番だと思えるくらいの出来事に遭遇したのだ。

こうなるのは当たり前で、そう信じるのも当たり前だろう。

「じゃあわたしが一番な理由説明する」

「あたしだって説明するし！」

「私もするよ⁉」

そして、突然に始まる情報交換会――。

「――いやいや、それ絶対二人とも話盛ってるでしょ。普通に考えてそんなのありえないじゃん」

「なにも盛ってない」

「同じく！」

それぞれの話を聞いた後、真っ先に声を上げる美結である。

「だって、初対面の相手でしょ？　商品を譲ったからってその飴をほぼ全部渡されることなんてないでしょ。しかもシールをつけてトラブルケアして、お礼のメモまで入れて、どんだけ気配りできるのって話じゃん」

「でも、これがその証拠」

心々乃は折りたたまれたメモを再度広げる。

そこに書いてあるのは、『お気遣い本当にありがとうございました』の心のこもった丁寧な文字。

教えられたこととリンクする内容。

「じゃあ、真白姉ぇが話盛ってる。教室を案内してくれるだけならまだしも、『遅刻させてしまった』って思わせないことされるわけないじゃん。初対面の相手なんだから。本当だったとしたらめちゃモテる男だよそれ」

「こ、心々乃みたいに証拠はないけど、本当だもん！　だから一番って言ったのっ！」

「……お話盛ってるって言う美結お姉ちゃんが、お話盛ってそう」

「はあ⁉　なわけないじゃん」

「休憩中なのに課題を教えてもらって、ケーキとか飲み物プレゼントされるなんて普通ありえない。優しすぎる……」

「それがマジで本当なんだって、教えてもらった内容ノートに取ってるから、いつでも証拠出せるし」

みんながみんな『話を盛ってる』なんて思っても不思議ではないほどの話。

それが今行われているわけである。

「これ言うのもなんだけど、マジであたしが一番だから。嫌な顔もされなかったし、下心すらなかったし」

「それはわたしも一緒……。だから名前聞こうとしたけど、聞けなかった。あたしの名前も聞かれなかった」

「私もだよ。『当たり前のことだから』っていうような感じだったから」

「ええ……。ここまで被るってありえないでしょ……」

三姉妹は中学校の頃から、特に高校から数多くの告白を受けてきた。街に出ればナンパされることも珍しくないほど。

そんな人目を惹く彼女らであるからこそ、異性からの『下心』には敏感で、その度にうんざりとすることもあるのだが、今日の彼にそれは当てはまらない。

名前を聞かれない時点で、一期一会のようなものなのだから。

「あの人は素敵な彼女さんいる。絶対……」

「私もいない方が不思議なくらいだったなあ〜」

「なんて言うかさ、あの大学にそんな優しい人いるなら、遊斗兄ぃを無理に頼らなくてもいいんじゃない？　正直、向こうは迷惑に思ってる可能性もあるだろうし……」

「……」

「……」

真白も心々乃も、この言葉に反論は浮かばない。

それでも迷惑がられずに顔を合わせたいからこそ、こんな言葉が三女から出る。

「今日会った人が遊斗お兄ちゃんなら嬉しいな……」

「心々乃、そんなことは言っちゃダメだよ。私たちのたった一人のお兄さんなんだから」

「……ごめんなさい」

言わんとすることはわかるが、今のは声にしてはいけないこと。

「二人ともそっち派なの？　あたしは今日会った人が遊斗兄ぃとか絶対嫌なんだけど」

「そうなの？」

「だってさ、そんなに優しかったらさすがにアレじゃん？　なんていうか、ちょっと変な目で見そう……みたいな」

ぎこちなく伝える言葉にいの一番に反応するのは真白である。

「それはそう、かも……」

「二人ともチョロい」

「は？　心々乃が一番ザコじゃん」

「そんなことない……」

「そんなことあるし」

「みんな同じくらいじゃないかなあ……」

作っている途中の料理がどんどん冷める一方、ガヤガヤと盛り上がるリビング。

仲の良い三姉妹があの男性と再び出会う日は、奇しくも間近に迫っていた。

＊　＊　＊　＊

そんなやり取りから三日が過ぎた日のこと。

「おーい？」

「……」

「おい遊斗？」

「ッ⁉」

教授待ちの教室。長机に握り拳を置き、微動だにせず天井を見上げていた遊斗の肩にボン！と触れる者がいた。

「なにぼーっとしてるんだよ。友の登場なんだからもっとこう……あんだろ？」

「ご、ごめんごめん」

眉を八の字にして声をかけてきたのは、弟か妹が欲しかったがためにこの大学を受験した友達である。

「バイト疲れか？　栄養ドリンク買ってきてやるぞ？　今日は機嫌いいからな！」

「ありがとう。でも大丈夫。それとはちょっと違くて」

「ん？　そうなのか」

バイト疲れがないと言えば嘘になるが、もう一年近くあのカフェで働いているのだ。

仕事環境に慣れたおかげで、翌日に大きく引きずるようなことはない。

友達の優しい気遣いに触れ、微笑を浮かべながら正直に話す遊斗である。

「少し前に話したと思うんだけど、小さい頃に別れた妹がいるって話……覚えてる？」

「ああ、可愛い三姉妹のことだろ？」

「そ、そうだね？」

以前話した時は『可愛い』なんて一言も言っていなかったような気がするが、当時はたくさん構ってあげて可愛がった記憶がある。

「その妹と、明後日に顔を合わせることが決まって」

「は、はあ⁉　お前それ羨ましすぎんだろ！　キッモ！」

「あはは……」

さっき見せてくれた優しさはどこへ行ったのか、嫉妬の炎を燃え上がらせて罵声を浴びせてくる。

無論、本気で言っているわけではないだろう。多分。

「こんな機会に巡り会えたのは本当に嬉しいことなんだけど、十数年も会ってないから、さすがに緊張がすごくて……。ほら、これ見て」

苦笑いを作って握り拳をパーの形に変えれば、手がブルブル震えている様子が露わになる。

「待て待て。それ演技だろ?」

「演技だったらどれだけよかったか……」

「おいおい、いくらなんでもそりゃ緊張しすぎだろうよ……。そんなんじゃ明後日まで持たねえぞ?」

「そう思ってできるだけ考えないようにしてるんだけど、無意識に考えちゃって」

妹達との記憶はちゃんと残っている。心に刻まれている。

そんな大切な相手との再会が間近に迫っているのだ。平常心でいられるわけもない。

「ちゃんと話せるかな……。気まずい空気になったりしないかな……」

「んまあ、お互いに距離を測りながらになるだろうから、誰かが会話をリードしなきゃ空気は死ぬだろうな」

「……」

遊斗が一番恐れていることは、まさしくそれ。

『こんなことなら会わなければよかった』なんて思われるようなことだけは絶対に避けたいのだ。

「お前の気持ちはわからんでもないが、相手も会いたいって思ったから成立したことだろ? 一方通行じゃないんだから、少しくらい気を楽にしろよな。余裕を持ってないといい方向には転がらないぜ?」

たこと。

「た、確かに……」

今回のことは無理やり取り次いでもらったことではない。むしろ相手側から提案してもらったこと。

ほんのり肩の荷が下りる発言だった。

「てか、お前の妹って大学一年の三姉妹って話だったよな？」

「うん。本当に偶然なんだけど、この大学に通ってるらしくて、『なにか困った時に手を貸せるように』って目的での顔合わせでもあってね」

「……あのよ、うちの大学の新入生で三姉妹って言や、クソ可愛いってずっと噂されてたあの子らしかいなくね？」

「はは、まさかまさか」

片手を振りながら否定する。

友達の言う『三姉妹』の噂は本当にすごいのだ。

去年の夏。オープンキャンパスに参加した際から噂されていたほど。

『もしかしたらめちゃくちゃ可愛い三姉妹が入学してくるかも！』と。

さらには今年の三月。大学の合格発表時。

『おいおい！　あの三姉妹合格してたぞ‼』

ということまで噂され、入学式では――。

『やべえ、マジで可愛い……』

『顔整いすぎてね？』

『三人で揃ってる時のインパクトヤバイな』

又聞きだが、そんな話題で大いに盛り上がっていたほど。

そんな彼女らが、自分の妹達であるというのは信じられることではない。

「でも、三姉妹なんだろ？　それも一つ下の新入生ってことで」

「うん。それは間違いないよ。記憶もあるし」

「じゃあ確定じゃねえの？　冗談抜きで」

「いや、だからまさかそんな……」

「ちなみにお前の義妹があの三姉妹だったら――オレが、お前を、殺す」

「なんでそうなるの……」

「羨まだからに決まってるだろ」

「いや、だからそう決まったわけじゃ……」

冷や汗を浮かべ、苦笑いを作りながら口角をピクつかせる。

この答え合わせは二日後。

運命の日は体感よりも早く迎えることになる遊斗だった。

第三章　十数年ぶりの再会②

約束の当日、日曜日。

「みんな準備できた～？」

全身から音符が溢れ出しているように、ご機嫌でほわほわした声がマンションの一室に響いていた。

「真白お姉ちゃん待って……。まだ準備終わってない……」

「あたしもちょい待って！　髪が整わなくてさ！」

「もー！」

昨日から入念な計画を練っていたのにもかかわらずこれである。

「心々乃～？」

プリプリしながら一人ずつ確認していく長女、真白である。

自室をノックしてドアを開ければ、いつも綺麗な部屋を服で散らかしたまま、姿見の前に立っていろいろな服を吟味していた。

「『昨日のうちに準備するように』とお姉ちゃんは言いました」

「昨日はちゃんと準備してた。でも、今日になって似合わないって思ったの……」

髪型のセットはバッチリ。いつも目にかかっている前髪は、十数年ぶりに会う義兄に覚えてもらうために横に流していた。

あとは本当に服装だけという状態。

「全部似合うものをお家から持ってきてるんだから、自信を持って大丈夫なのに」

「でも、あと五分……」

「はぁい。できるだけ急ぐようにね」

「うん……」

少し目を潤ませている心々乃を見て、できる限りの猶予を与えた真白。

十三時の集合時間から、十五分前に待ち合わせ場所のファミレスにたどり着けるようにスケジュールを立てていたため、五分はまだ取り返しがつくのだ。

心々乃と話をつければ——次は洗面台に。

そこにはワックスで前髪を作っている美結がいる。

「もー、マジで決まんない！　今日に限って決まんないー！」

「お姉ちゃんは決まっていると思います」

「いや、もっとこう……あるじゃん？　めちゃくちゃ久しぶりに会うから、『これだ！』ってやつでいかないとさ」

「あと五分でちゃんと間に合わせること」

「ん、急ぐ」

美結の場合、服装がバッチリであとは髪をセットするだけの状態。

親指を立てて再び髪を整え始める次女の美結を見て、真白は玄関に移動する。

「あと五分、五分……」

こちらにも時間の猶予ができたことで、玄関に備えられた姿見を見て二人同様に確認を取っていく。

時に小学生だと、時に中学生だと間違えられるような見た目をしている真白だが、中身はしっかりとした大学生なのだ。

毛先が乱れていないか、寝癖が立っていないか、大人っぽい服装ができているか、服にシワがついていないか、いろいろなことを真剣に確認する。

『十数年ぶりに義兄と再会できる！』なんて思いが強いからこそ、入念に――。

「……」

「……」

「――ぁ」

ふと視線を感じた真白が隣を見れば、すでに準備を終わらせた二人の妹(いもうと)がジト目でこちらを見つめていた。

「結局、真白姉(ね)ぇが一番準備遅いじゃん」

「一番遅い」

「ち、違うよ⁉　二人が準備する間に――」

「――あたし達が準備終えてもう三分経ってるし」

「なのに全然気づいてなかった」

「そ、それは早く教えてよっ！　って、あっ……香水振ってなかった！」

「ほら結局一番遅い」

「急ぐ」

「本当にごめんね⁉」

同じようなやり取りになることを狙うわけでもなく、自然と同じようになってしまうのがこの三姉妹なのだ。

「よしっと。まあ……いい感じかな」

そして、先ほどまで長女が使っていた姿見を見て、最終確認を終わらせた美結は外に出る。

「ん、大丈夫……」

同じく姿見を見て確認を終えた心々乃も外に出る。

「うん！　完璧っ！」

両腕を広げながら最終確認を終えるのは、柑橘系の香水を振った真白。

責任を持って玄関の鍵を閉め、時計を確認しながら三人でエレベーターを待つ。

自宅のマンションを抜けて最寄り駅に近づけば、もう数え切ることのできない反応をされることになる。

『な、なんかあそこ異様にヤバイな』

『周りがキラキラしてるくね……？』

『間違いなくモデルさんだろうな』

『ちっちゃい子の歩幅可愛(かわい)すぎね……？』

一人でいるだけでも注目を浴びる三姉妹だが、全員が揃(そろ)えばそのインパクトは相当のものになる。

特に今日は万全なオシャレを施している三人でもある。

すれ違う人々の視線を集めながら、美結と心々乃の二人が真白を挟むようにして駅に向かって歩いていく。

「真白お姉ちゃん……。集合場所はファミレスだったよね……」

「うんっ、遊斗(ゆうと)お兄さんはアルバイトが終わった後にすぐにくるそうだから、四名で取るようにだって」

「へえ、遊斗兄(に)ぃバイトしてるんだ？　じゃあ結構明るいタイプかもね」

食いつくのは美結である。

「お母さんから聞いたお話だと、タリィズでアルバイトしてるんだって」

「ふーん。タリィズか」

「じゃあ遊斗お兄ちゃん絶対オシャレさん……。そのお店、わたし入れない……」

人見知りの心々乃は、大学がある時以外は常に家の中で過ごしているほど。カフェでも敷居が高いのだ。

「って、話を戻すんだけど、四人席なら誰かが遊斗兄ぃの隣にならなきゃじゃん？　席の位置どうすんの？」

「わ、わたしは遊斗お兄ちゃんの隣ダメ。緊張する……」

「私も緊張するよ⁉」

「あたしもだかんね？　それ」

昔はとてもよく可愛がってもらっていた三人だが、十数年ぶりというのは気構えてしまうこと。

緊張からくる『変な姿』を見せたくないという思いでNGを出す三人は顔を見合わせる。

『じゃあどうする？』との言葉を以心伝心させる瞬間である。

「じゃんけんで決めよう！」

「まあそれしかないよねえ。絶対決まらない流れだし」

「うん……」

真白の提案をすぐに呑む二人。

「じゃあ私がかけ声いきますっ！」

と、ここで始まるじゃんけん。

実際のところ、コレになった時点でもう勝敗は決まっているのだ。

「「「じゃんけんポン」」」

パーが一人に対し、チョキが二人という結果で。

二人は〝小さいこと〟にコンプレックスを持つ人物が、グーチョキパーで一番大きな形を取ることを知っていた。

「はい、真白姉ぇが遊斗兄ぃの隣決定」

「じゃんけんだから、文句はなし」

「う、うう……。今度から言い出しっぺにならないようにするんだからぁ……」

じゃんけんで負け続けることには勘づいている真白だが、時にあいこになることも、勝つこともあるため、そのカラクリにはまだ気づいていなかった。

絶対に負けたら嫌な時には負けてしまうことも……。

＊　＊　＊　＊

時刻は十二時五十八分。

「いらっしゃいませ。お待たせしてしまい申し訳ありません……。何名さまのご利用でしょうか？」

バイトが終わり、待ち合わせ時間ギリギリでファミレスにたどり着いた遊斗に、少し時間を置いて店員が接客をしてくれる。

ピーク時ということもあり、これればかりは仕方がないだろう。

「えっと四人で待ち合わせをしている者でして、もう来ていると思うのですが……」

「あ、承っております。奥寄りの席までどうぞ」

その場から席を指す店員。

「ありがとうございます」

お礼を伝えると、店員はすぐに厨房に入っていった

「いよいよか……」

こちらの緊張もピークであるが、態度に出さないように努める。

正直なところかなり大雑把な案内だったが、三姉妹ということで見つけることは簡単だろう。

三人の女子大生が固まっている場所はどこか。と、キョロキョロと客席を回っていた矢先

――。

「うっそ！　タリィズのお兄さんじゃん！　おひさー！」

「ッ！」

肩を上下させてそちらに視線を向ければ、バイト先で出会ったギャルの女の子が偶然座っていた。

「あ、ああっ！　席を空けてくれた！」

「そうそう！　覚えてくれてんのマジで嬉しいよ。また機会があればお邪魔させてもらうね」

「あはは、ありがとうございます。その際には是非」

初めて出会った時と変わらずのコミュニケーション能力である。

スラスラとやり取りすることができ、デート日であるようなオシャレをした彼女の笑顔は見惚れてしまいそうなほど綺麗だった。

そんな相手とのやり取りを終えて、連れの友達に一礼しようとすれば、ここでも偶然が起きる。

「あ、あの！　私のこと覚えてますかっ⁉　あなたに教室を案内してもらった……」

「え⁉　も、もちろん覚えてます！　って、先輩もいらっしゃるじゃないですか」

「……う、うん」

小中学生のような見た目で、方向音痴を見せていた子に、大学内のコンビニでいちごミルクの飴を渡した子までいる。

とんでもない再会に驚いていたのは、遊斗だけではなかった。

「ちょ、待って。二人もこの人と関わりあるわけ⁉」

「この方が私のことを助けてくれた先輩さんなの!!」

「な、なるほどね……。でもこの人なら納得……。どんな偶然かって話だけど」

数日前に、『誰が一番優しい人に会ったのか』という論争をしたのだ。

その人物が彼だとわかり、無駄なことをしていたと苦笑する美結は表情を切り替えて言う。

「それで、なんか『先輩』とか言われているのが紛れ込んでるけど」

「……気のせい」

大人しげな彼女と一瞬目が合う遊斗だが、頬を赤らめて顔を逸らされてしまう。

恥ずかしがり屋な性格が影響しているのか、誤魔化し方が本当に下手だった。ここでサバを読んでいたことに初めて気づく遊斗である。

「はは……。あの時は気を遣わせてしまって本当にすみません」

「う、ううん。わたしの方こそ……」

「いえ、お気持ちすごく嬉しかったので」

なぜあの時『先輩』だと嘘をついたのか、その目的がわかっているからこそ、穏便に済む話。

そして、さすがのコミュニケーション能力を持つ金髪の彼女は——。

「それはそうと、お兄さんはデートなの？　めちゃくちゃオシャレしてるじゃん」

水を差すようなことをせず、空気を読んだように話を変えてくれる。

ちなみに小中学生のような見た目の女の子は、ずっとニコニコしながらこちらの様子を見守っている。

「実は大切な待ち合わせがありまして、少しでもいい格好をと」

「へえ！　実はあたし達も大切な待ち合わせがあってさ、めちゃくちゃオシャレしてきたの。みんな時間ギリギリまで鏡見て整えたりして」

「はは、気持ちは十分わかりますよ」

類似した予定を作っていて、同じように気合いを入れていることがわかり、親近感を覚える。もっと話し込みたいところだが、そんな余裕がないのは待ち合わせをしている彼女らも同じだった。

「っと、長話ししちゃってごめんね。お互い待ち合わせしてるとこらしいし、この辺にしよっか」

「ですね。それではまた大学やカフェでお会いした際には仲良くしていただけたらと」

「もち！」

「こちらこそ仲良くしていただけたら嬉しいです」

「う、うん……」

「ありがとうございます」

そうして軽い雑談も終わり、一礼して別れた遊斗は改めて席を回っていく。

――が、どこにもいない。奥寄りの席に三人の女子大生が見つけられない。

「あ、あれ……？」

『承っている』という店員の言葉からも、すでにこの店を訪れているのはほぼ間違いない。

無言で頭を回転させて考えた結果——一つの結論に辿り着くのだ。

今思えば、なぜすぐに気づくことができなかったのだろうか……。自分自身、意味がわからなかった。

「……」

目をパチパチさせる遊斗は、震えた足であの席に戻っていくのだ。

「あれ？　どしたのお兄さん」

「なにかお困りごとですか？」

「……うん？」

当たり前の疑問符を浮かべる三姉妹に、言う。

最初に気づくべきだったのだ。

「あ、あの……真白さんに美結さん、心々乃さんのお席ですかね？　ここって……」

「えっ？　そうだけどなんであたし達の名前知ってんの？」

率先して聞いてくる彼女に、おずおずと伝える。

「えっと、自分がその……遊斗です……。あの、今日十数年ぶりに会う……」

勇気を出して伝えれば、三姉妹は青の目をまんまるくして、無言。

「え？」

「はっ？」

「……え」

次に時間差でくる返事。

「ど、どうも。本当にお久しぶりです。義理の兄……です。あ、あはは……」

苦笑いを浮かべると、三姉妹全員も苦笑いを浮かべることになる。

遊斗は『少しでもいい格好ができたら』と本人達を前に伝えてしまったことで。

彼女らは彼女らで『めちゃくちゃオシャレしてきたんだよね。みんな時間ギリギリまで鏡見て整えたりして』と伝えてしまったことで。

これは本来、絶対に知られたくなかったこと。

全員が顔を見合わせれば――『なんてことだ』というように手で顔を覆う構図が四つ作られる。

当然、席に座ってからも気まずい空気に包まれていたが――。

「さてと！　まあ切り替えよ！　そっちの方が時間も無駄にならないし、気合い入れてくれたのはお互い嬉しいことだろうしさ！」

金髪の彼女がリードしてくれることで、そんな空気を解消する結果が作られた。

「そ、それもそうだよね。えっと、待ち合わせギリギリになっちゃってごめんね。バイト先でバタバタがあって……」

「いえ、気にしないでくださいっ！　……ねっ？」

「そう……。ゆっくり待つつもり……だった」

お互いに素性がわからなかったとはいえ、初対面ではない。昔は同じ屋根の下で暮らしていて、数日前に顔を合わせている間柄。

『仲良くなれる』という雰囲気はすぐに感じるもので、親しみやすさを感じてもらえるように、あえて口調を崩すのだ。

「えっと、三人はもうなにか注文したの？」

「ドリンクバーだけ先に四つ注文してます！　それ以外は遊斗お兄……遊斗さんが到着されてから注文しようと決めてまして！」

「真白お姉ちゃんは、また小学生料金で取られかけてた」

「誤解されてモヤモヤする気持ちはわかるけどさ、おっきな胸張って主張しても意味ないって」

「そ、そんなことしてないでしょ⁉　って、美結は遊斗お兄さんの前でなんてことを言うのっ⁉　心々乃のそれは言わない約束だったでしょ！」

「ははは」

隣に座るちっちゃな子が三女だと思っていた遊斗だが……まさかの長女だった。

しかし、幼少期の性格が変わっていないことは見てわかる通り。

会話の流れから金髪の陽気な彼女が次女の美結で、茶髪の大人しい彼女が三女の心々乃だということもわかった。

「あ、今日は僕がお金を出すから、自由に注文していいからね」

「ダメダメ。むしろこっちに奢らせてよ」

「美結の言う通りです。今日はご馳走させてください。足を運んでいただいた側でもありますので」

「ん」

三対一で意見が対立するが、その雰囲気はとても柔らかいもの。

「このくらいはカッコつけさせてほしいなあ、なんて言ってみたり……？」

「遊斗兄ぃはもう服装でカッコつけてるじゃん。勝負服的なやつだろうし」

「そっ、それとこれとは話が別でしょ⁉」

「ぷっ」

痛いところを突かれただけでなく、上手に弄(いじ)られてしまう。

本当に昔と変わっていないヤンチャな次女である。

「んー、それじゃあまあお会計のことは一旦(いったん)後にして、先に注文取っちゃおっか」

「それもそうですねっ！　遊斗お兄さん、メニューをどうぞ」

「ありがとう」

遊斗の正面に美結と心々乃という構図のため、メニューを渡してくれるのは隣に座っている長女である。

「……真白お姉ちゃん、距離……少し近い」

「あー、それあたしも思った。あの時助けてもらった人が遊斗兄ぃだったからって、ちょっと調子乗りすぎ」

「一緒にメニューを見るんだからこうもなります。それとも二人は羨ましいのかな～」

「そのニヤニヤうっざ!!」

「……ムカムカする」

「むふ」

眉をピクピク動かしながらドヤ顔を見せている真白。

じゃんけんで負けた結果、最高の席を引き当てたわけである。

また、『小学生料金を取られそうになった』ことをバラされてしまっているわけでもある。

この仕返しは妥当と言えるものだろう。

そんな三人の仲良さそうなやり取りを聞く遊斗は、笑みを浮かべながらメニューを選んでいく。

「じゃあ僕はデミグラスハンバーグの和食セットにしようかな」

「あたしはカルボナーラパスタと洋風サラダ。デザートはティラミスにしよっと」

「わたしも美結お姉ちゃんと同じのにする……」

「あ、あの、遊斗お兄さん……」

「ん？」

「遊斗お兄さんはその、たくさん食べる女性って……どう思われます？」

ここで突然と真白から上目遣い（うわめづか）で問われる。

「いや、僕は全然気にしないよ。むしろ遠慮せずに食べてくれる方が嬉しいかも」

「あ、ありがとうございます！　それではピンポン押しちゃいますね！　注文は私に任せてくださいっ」

と、小さな手で呼び出しベルを押す真白。店員が目の前に来れば、注文を取ってくれる。

「えっと、デミグラスハンバーグの和食セットが一つ。カルボナーラパスタと洋風サラダが二つ。レモンステーキの和食セットと、おろし唐揚げ定食と、ミックスサラダと、食後にティラミス二つとマロンパフェを一つお願いします！」

「……え」

後半から明らかに多い注文。

愛想よく注文を伝えている真白に対し、お手本のような二度見をする遊斗は、目を丸くして正面を向く。

『ものすごく注文してるけど大丈夫なの⁉　そんなにお腹に入るの⁉』

そんな訴えが通じたように、『うんうん』と頷く美結と心々乃がいる。

「——注文は以上になります！」

「かしこまりました。それでは少々お待ちくださいませ」

真白も店員もしっかり伝わる声でもあったため、スムーズに注文から確認も終わり、あとは提供待ちの時間となる。

「それじゃあ僕は飲み物注いでくるね」

「もちろん」

「私も飲み終わったので一緒にいいですか⁉」

『代わりに注いでこようか？』と提案しようとした遊斗ではあったが、『一緒に行きたい』という真白の気持ちを上手に汲み取り、そう返事をするのだった。

＊　＊　＊　＊

そして、二人が飲み物を注ぎに席を外した最中。

「ねえ心々乃、マジでヤバくない？」

「う、うん……」

こそこそと話し合う美結と心々乃がいた。

「前に三人で話してた優しい人が遊斗兄ぃだったってオチでしょ？」

「そう。すごい偶然……」

「最高じゃない？」

「ん」

心々乃が親指と人差し指を使って丸のハンドサインを作ると、美結も同じように返す。

「これ思ったんだけど、遊斗兄ぃ昔となにも変わってないよね？」

「本当に優しい……」

「だよね！はあヤッバイ。今日はマジ楽しくなりそう」

「真白お姉ちゃんはもうすごく楽しそう。ほら」

ドリンクバーが並んでいる方に目を向けると、遊斗の後ろをカルガモの赤ちゃんのようにトコトコついていっている真白がいる。

頭上に音符が浮いているようにご機嫌で、頬が蕩けているような笑顔で一緒に飲み物を選んでいる。

「予定じゃファミレスで顔合わせた後に解散って流れだけど、さ？」

「嫌」

「そうなるよねえ……」

「だけど、他に行くところない……。遊斗お兄ちゃんはバイト終わりだから、たくさん歩くところはダメ」

相手のことをしっかり考えられている心々乃であり、当然優先するべき意見である。

「じゃあコンビニで適当に買い物して、そのまま家にお邪魔するとか？」

「っ」

「まあ無理めなのはわかってるけどさ、遊斗兄ぃの住んでるとこ知っておきたいじゃん。十何年と会ってなかったわけだし、これから会いにいくためにもさ」

「うん……」

「じゃあタイミングを見計らってあたしがそんな風に流すから、援護ヨロ」

「わかった」

相手が相手だからこそ、もっと長い時間を過ごせるように企てる。

この算段が終われば——。

「さてと」

美結はおもむろに座席から立ち上がり、なにをするかと思えば、当たり前の顔をして真白の席を占領するのだ。

「よーし、取った取った」

「……怒られるよ。絶対」

「そりゃ怒られないわけないよね。じゃんけんで席決めたわけだし」

心々乃から警告が発せられるも、余裕そうに笑う美結。

二人の予想は無論当たり、ご機嫌で戻ってきた長女はすぐに表情を変えて問い詰めるのだ。

「なっ！　なんで私の席に美結がいるのっ!!」

「真白姉ぇには悪いけど、この機会だから席替えして均等に遊斗兄ぃと関わる方がいいんじゃないかってね」

「……」

反抗していたものの、意見を冷静に聞き終えた真白は、上目遣いでうるうると遊斗を見つめる。

急に席を奪われてしまった不満と、状況的には最もな論法の板挟みになっているのだろう。可哀想な表情も相まって味方をしたいところだが、美結からも距離を縮めようとしてくれているのはなんとも嬉しいことである。

『苦笑い』という答えを返せば、これだけで意図は伝わった。

「美結、遊斗さんに迷惑をかけるようなことはしないこと。したらすぐに席交代だからね」

「そんなことしないって……」

最後は長女らしい行動を取った。

性格に則った注意でしっかりと釘を刺して、美結が元々座っていた席に腰を下ろし、遊斗も同じように席につけば楽しい雑談の始まり。料理が届いてからも、会話が続いていた。

「遊斗お兄ちゃ……遊斗さん、身長すごく伸びた……？」

注文された料理が届いた後は、おずおずとした声で心々乃が話題を作ってくれる。

「あー。確か中学三年生から高校に入る時にグンと伸びたかなぁ。今は１７６センチくらいあると思う」

「それめっちゃデカいじゃん。あたしと十センチ以上離れてるし」

「わたしとは二十センチ……」

「私は……二十五センチくらいかなぁ」

「まあ男の方が身長が高くなることが多いからね。それでもみんな大きくなってるよ」

「まあ……ねぇ」

「ん……」

遊斗の言葉に微妙な反応を示しながら顔を見合わせるのは美結と心々乃。

その二人はタイミングを合わせるように、ジトッとした目を長女の真白に向けていた。

「な、なんですか。そこの二人の目は……」

「真白姉ぇさ、身長五センチも盛るのはどうかと思うけど。それ厚底ブーツの高さまで算入してるじゃん」

「真白お姉ちゃんの身長は１４５センチだから、約三十センチ差」

「そんなところは細かく訂正しなくていいよねっ⁉」

「あははっ」

「わ、笑わなくてもいいじゃないですかっ！」

可愛らしい盛り方に思わず笑ってしまったものの、コンプレックスを抱いているからこそなのは理解している。

プリプリして目の前のステーキを大きく頬張る真白にしっかりフォローを入れる。

「それでも真白さんは大人っぽいよ。広い視野を持ってみんなをまとめてるし、服も綺麗に着こなしてるし」

彼女の容姿を大人っぽいと例えるのは確かに難しい。仮に例えたにしても『気を遣われた』と思われるだけだろう。

それ以外のことで褒めれば、もぐもぐしていた真白の口が止まった。

目を大きくして、青の瞳を宝石のように輝かせる。

「今の褒め方うっま。今のが即興とかヤバ……」

「うん……」

美結と心々乃からひそひそ話が聞こえるが、真白には聞こえていなかった。

いまだにキラキラしたお目目でこちらを見続けている。

「ま、真白さん？」

「っ！」

ずっと視線を送られていたことで声をかければ、我に返るようなまばたき。

頬張ったお肉を飲み込むために——もぐもぐもぐもぐもぐもぐもぐもぐと、忙しく動かし始めた。

「ねえ、遊斗兄ぃって絶対彼女いるでしょ」

「えっ？　いないよ⁉」

「絶対に嘘……」

「た、たくさん告白を受けてはいますよね⁉」

口の中が空になった真白も合流した。

「いやぁ……。それが情けない話、本当にモテてなくて」

再会したばかりの義妹にこんなことを言うのも恥ずかしいが、嘘をついても仕方がない。

「それはさすがにありえないでしょ。どんだけ男見る目ない人ばっかりいたんだって話じゃん」

「女の人から彼女がいるって勘違いされてたからだと思う……」

「そんなことは絶対ないような……」

「絶対あると思いますっ‼」

「ぜ、絶対？」

「はい!!」

妄信的にフォローしてくれる真白は、先ほど褒めた分のお返しをしてくれているのだろう。義理堅さを感じる。

「って、この手の話はみんなの土俵じゃない？　三人とも彼氏はいないの？　中学高校とかたくさんモテたでしょ？」

「まあ一般的に考えたらモテた方だと思うけど、最悪だったよ？　あたしに振られたら次に心々乃とか真白姉ぇに狙いを定めるとかさ。中高は風紀検査があって同じ髪型だったから、容姿で似てる部分も多くって」

「ああ、なるほどなぁ……」

これは三姉妹ならではの悩みだろう。

確かにそんなことをされたら、自分の尊厳を傷つけられたように感じるはずだ。

その話を聞くだけで遊斗も嫌な気持ちになってしまう。

「それは本当辛いことだね」

「そーそー。だからあたし達全員今まで誰とも付き合ったことないんだよね。告ってきた人全員がそうじゃないんだろうけど、変に警戒する癖がついちゃってさ」

「……大人っぽい人もいなかった」

「はは、でも中高だとそれは仕方ないんじゃないかな。僕もその頃は全然落ち着きがなかったいし」

「周りはそんなこと思ってないだろうけどね。遊斗兄ぃが落ち着いてないとか全然想像できな

「お恥ずかしながら」

「遊斗お兄さんでもですか？」

し」

「うん。昔からその記憶ある……」

「本当？　じゃあそういうことにしておこうかな」

「そういうこともなにも、絶対落ち着いてたってー」

　印象が良いならと流されてしまったが、三姉妹全員にそのような記憶があるのだろうか。そう信じて疑っていない様子には嬉しくなる。

「あ、つまり心々乃さんの好きなタイプは大人っぽい人なんだ？」

「っ！　わ、わ、わたしだけじゃない……。真白お姉ちゃんも、美結お姉ちゃんも、そんな人がタイプ……。みんな似てるの……」

「心々乃が一番好きなタイプなくせに」

「そんなことない。みんなと同じくらい。普通。本当……。うん……」

「こんな風にたくさん単語が続く時が、心々乃が取り繕おうとしている証拠なんです」

「おー。それはいい情報を聞けたよ」

「む……」

極秘情報だったのか、知られたくなかったことなのか、ぽんぽんぽんぽんとテーブルを叩いて不満を露わにしている心々乃。

なんともわかりやすい行動を見せているが、これっぽっちも圧がない。周りに迷惑をかけないような音に調整しているのは微笑ましかった。

「はは。少し湿っぽい話をしちゃうんだけど、今日はみんなと会うことができてよかったよ。こんなキッカケを作ってくれて本当にありがとう」

「こちらこそお会いできて本当によかったです！　あの時に助けてくれた先輩が遊斗お兄さんだということも知ることができたので……！」

「マジのシメっぽい話でウケる。っと、今のうちに飲み物お代わりしてこよっと。心々乃はもう残ってないけどなにか注いでこよっか？」

「今は平気」

「ほーい。じゃあちょっとごめんね、遊斗兄ぃ」

「全然大丈夫」

「ども」

遊斗が座っているのは窓側ではなく通路側。一度席から立って出られるスペースを作れば、美結が席を立ってドリンクバーに向かっていく。

美結がいなくなったことを確認して再び席に座ろうとすれば、ここでふと気づくことがある。

右斜め前にいたはずの心々乃がいなくなっていることに。

「あ、あれ？　心々乃さんは？」

首を傾げながら真白に視線を送れば、なぜか苦笑いのみを返される。

さらなる疑問にまばたきを繰り返していれば……急に出てくるのだ。

テーブルの下からにょきっと可愛らしい顔が。次に華奢（きゃしゃ）な体が。

「遊斗お兄ちゃ……遊斗さんのお隣、取った」

そうして席に座りながら高らかに宣言する心々乃は、テーブルの上にある料理を取り替えていき、席順を完璧に変えたのだ。

真白から『お行儀が悪い……』なんて視線までも無視しながら。

「心々乃、美結に怒られても知らないからね」

「平気」

「あと次は私の番だからね」

「嫌」

「あはは」

心々乃の隣に静かに座りながら、水を差さずに二人のやり取りを聞き、話が終わったその間を見て——。

「心々乃さん、ちょっとだけ耳貸してくれる？」

「う、うん……？」

これはずっと言いたかったこと。

遊斗は耳を貸してもらうように小声に変え、伝える。

「余計なお世話だけど、好きな呼び方で呼んでいいからね」

「っ！」

ずっと『遊斗お兄ちゃ……』から『遊斗さん』と言い換えていたのだ。

目を細めて優しく伝えれば、サッと顔を逸らされてしまった遊斗である。

「あ……。ち、ちょっと距離詰めすぎたね⁉　ごめんね⁉」

周りには聞かれたくない内容だろうとの判断で行ったことだが、この反応からするに明らかなミス。

慌てて謝罪の言葉を口にすれば、なにも聞こえていなかったはずの真白が微笑みながら首を横に振るのだ。

「遊斗お兄さん、本当に大丈夫ですよ」

「そ、そう……？」

「はい。ふふっ」

嬉しいことを言われて照れているだけというのは間違いない、というような笑みを見せてくれる。言葉で伝えなかったのは、そうしてしまうと羞恥に襲われた心々乃がもうこの場から一時撤退をしてしまうから。

真白なりに考えた妥協点がここなのだ。

と、この場を救うようなタイミングで、飲み物を注いで戻ってきた美結の声が飛ぶ。

「ちょ、はあ⁉　心々乃それマジで怒るよ！　まだ全然時間経ってないじゃん！」

「順番。……美結お姉ちゃんも同じことした」

「あーもぉ……」

『何度も入れ替わればいい』との言い分と、事実を淡々と述べる心々乃に敵わなかったのだろう。

もの惜しげな視線を遊斗に向ける美結は、やるせない声をあげて新しい席に腰を下ろす。

嫌々な気持ちがありながらも、譲り合いができることでいい関係を築くことができているのだろう。

「みんな本当に仲いいね。正直安心するよ」

「たまに喧嘩しちゃいますけどね」

「え、それはちょっと想像できないかも……」

「まああたしと心々乃が悪いんだけどね。毎回」

「真白お姉ちゃんを怒らせるから」

「ははは、そうなんだ」

二人の説明を聞けば、どこか簡単に想像することができた遊斗。

その後の会話もワイワイと途切れることなく、楽しい食事を取るのだった。


「ごちそうさまでした」

遊斗がご飯を食べ終わったのは四人の中で三番目。

一番は美結、二番は心々乃。

未だご飯を食べているのは一人。

レモンステーキの和食セットと、おろし唐揚げ定食と、ミックスサラダにパフェを頼んだ長女の真白で――。

「――ああ、そんなに急いで食べなくて大丈夫だよ」

カツカツとお箸の当たる音を隣から耳に入れて顔を向ければ、口にたくさんのご飯を詰めて両頰をぷっくりさせている真白がいた。

『待たせてはいけない！』なんて責任感からの行動だろうが、急ぐ必要はなにもないからと、

「ゆっくりでいいからね」

言葉を繫げるようにして言えば、首を縦に振り、次に頭を下げて『わかりました。ありがとうございます』と伝えてくる。

口の中に食べ物を含んでいる中で、しっかりとお礼までするのは彼女らしい。

「ね、遊斗兄ぃ。真白姉ぇがご飯食べ終わったらどうしよっか。予定じゃ解散ってなってるけど、今日はあたし達、暇してるからもし良かったらもう少し一緒にどうかなって思って」

「本当⁉　僕ももう少しみんなと過ごせたらなって思ってて」

「ほー。嬉しいこと言ってくれるじゃん！」

『もし自分しか思っていなかったら……』という不安がずっとあったが、美結の発言ですぐに払拭することができた。

「ちなみにみんなはどこに行きたいとか候補ある？」

真白は食事中でなかなか声を出せない状態。

次女と三女に促せば、心々乃が小さな声で言った。

「ゆ、遊斗お兄……ちゃんのお家」

「ああそれなら別に。って、僕の家⁉」

予想外の提案。

遊斗同様に驚いているのは口に食べ物を含んでいる長女と、口に飲み物を含んだ次女。

真白に関しては『なんて迷惑なことを言うの！』との気持ち。

美結に関しては――先ほど心々乃とこんな作戦を練ったのだ。

『タイミングを見計らってあたしがそんな風に流すから、援護ヨロ』

『わかった』と。

それだけお邪魔したいという表れなのだろうが、『あんたが言うんかい！』なんて気持ちを抑え、すぐに援護の役割を担うのだ。

「まあ住んでるとこは知っておきたいかなー。もちろん無理にとは言わないけど、近くに寄った時には挨拶（あいさつ）したいし」

「僕の家でも特に問題はないんだけど、遊べるものがないし、ここから電車で二十分くらいかかるよ？」

「ん」

「そのくらいなら全然平気だよね、心々乃？　駄弁るだけですぐ時間過ぎちゃうだろうし」

「……真白さんも僕の家で大丈夫？」

『コ、コク』

美結と心々乃。この二人が協力関係にあったことを会話から悟る真白は、呆然（ぼうぜん）とした後、もぐもぐを再び始めながら頷いた。

「それじゃあ、次はそんな予定でお願いします。っと、僕は少しお手洗い行ってくるね」

「はーい」

「わかった」

予定を組み終わり、キリがよくなったところで席を立つ遊斗である。

＊　＊　＊　＊

「いえーい」

「ん」

遊斗がお手洗いに向かった後のこと。美結と心々乃はハイタッチを交わしていた。

作戦が成功したと言わんばかりの光景で、その様子をジト目で見つめ続けていた真白は、お茶を飲んでようやく喋(しゃべ)れる状態になる。

「はあ。そうやって迷惑をかけるようなことをして……。あとでお母さんにも怒ってもらうからね」

立場を弁(わきま)えた長女らしい言い分。だがしかし、立派なのは言い分だけである。

美結と心々乃は目を細めて言い返すのだ。

「とか言ってめちゃくちゃ嬉しそうじゃん。真白姉ぇ」

「……遊斗お兄ちゃんにご飯を作れたらって顔してる」

「そ、そんなことはありませんっ!!」

図星を突かれたように丁寧な言葉になる真白。

「だ、大体……遊斗お兄さんのお家にお邪魔するんじゃなくて、私たちのお家にお呼びするのが筋でしょう？」

「それはもちろん考えたんだけどさ、遊斗兄ぃの住んでるとこ知りたかったたし。そもそも見られたらヤバいの家にあるじゃん。アレ見られたらもう終わりでしょ」

「アレ？」

「……？」

二人してなにがなんだかわかっていない顔。

『はあ』とため息を吐く美結は、顔を背けながらボソリと言った。

「仕事場だって仕事場。今まで引き受けた作品飾ってたりするし、資料用とはいえオモチャもあったりするし」

「っ⁉」

「っ‼」

「てかさ、絶対自分用も持ってるでしょ二人。アレ買ってから中身わからない荷物が何回か届いたし」

「も、持ってないよっ‼」

「そ、そんなのいらない……」

「まあ別にどっちでもいいんだけど、せめてもっと上手な誤魔化し方しなよ」

顔を真っ赤にする真白と、あからさまに動揺する心々乃を見れば、明らかである。

「まあそれを含めてだけど、いい家に住んでるんだから、遊斗兄ぃに聞かれるはずじゃん。『なにかバイトしてるの』って。そう言われて『イラストレーターの仕事してる』って答えたとしたら、ペンネームの話になるじゃん？　で、ネットで調べた結果、エッチなイラストが一緒に出てきた時の遊斗兄ぃ想像してみ。リスクしかないけど」

「……」

「……」

「はい、反論なし。以上」

パンと手を叩き、終決。

説得力の強さを見せる美結であり、そんなタイミングで戻ってくる遊斗はすぐに気づく。

三姉妹の中の二人が顔を赤くしていることに。

「あれ？　……なにかあった？」

「なっ、なんでもないですよっ⁉」

「う、うん……。なんでもない」

そんな問いかけから逃げるようにご飯を頬張る真白と、コップに手を伸ばす心々乃。

この状況を冷静に見る美結は心の中でため息を吐く。

『だからもっと上手に誤魔化しなって……』そんな思いを言葉に乗せるように言うのだ。

「遊斗兄ぃのお部屋、可愛いぬいぐるみありそうって話してた」

「はは、怒ったりしないから安心してよ。家にぬいぐるみは置いてないんだけど、カラフルなクッションはセットで置いてあるよ」

「あっ！　あれマジいいよね！」

「そう！　友達から教えてもらったんだけど、あのクッションを置くだけでも部屋の印象が変わって」

『ぬいぐるみ』なんて話題は一度も出ていなかったが、自然に会話を繋げながら、遊斗との会話を楽しむ美結。

その様子をどこか羨ましげに見つめる真白と心々乃だった。

＊　＊　＊　＊

真白も無事に料理を食べ終え、『そろそろ会計をしようか』となった時のこと。

「あっ、最後にみんなで写真撮っていかない？」

ケースをデコったスマホを持ちながら、こんな提案をする美結がいた。

「十数年ぶりに再会できたってことで、なにか形にしときたいなって思って。遊斗兄ぃは嫌？」

「いや、むしろ嬉しいよ」

「ありがとっ！　じゃああたしが撮っちゃうね」

真白と心々乃に確認を取っていないのは、『賛成』という気持ちを共有しているからだろう。

もしくは『集合写真を撮りたい』と予め話し合っていたからなのかもしれない。

そんな嬉しくなることを考えていれば、美結はインカメラにしたスマホで慣れたように距離を測り、全員が画面に収まるように調整をした。

「じゃあかけ声いくね？　小声で」

「美結、ゆっくり言ってね？」

「ん……ゆっくり」

「わかってるって。じゃあいきまーす。みんな笑顔を作って笑顔を作って～……ハイ――」

――パシャ。

即だった。親指でボタンを押し、一枚の写真を撮ったのは。

「えっ⁉」

「え」

「え……」

三者三様、驚きの感情を露わにした時。

「――チーズ！」

パシャと、ニンマリした笑みを浮かべてもう一枚の写真を撮った美結である。

「美結、今二回写真撮ったよね⁉」

と、当然のツッコミをするのは真白。

「にひひ、ごめんごめん、誤タップ誤タップ。でもいい写真が撮れたよ。ほら」

ここで美結が見せるのは、全員が笑顔の一枚目の写真。

三人が素の表情で驚いている中、自分だけが得意げな顔を浮かべた二枚目の写真はそっと誤魔化すのだ。

『生き生きとした表情』の写真が大好きな美結だからこそ、あとでスマホのホーム画面に――。

そんな独占する気持ちを抱きながら、遊斗に視線を向けるのだ。

「ね、これInsta（インスタ）に載せたいって言ったらダメって言う？」

「ああ、気にしないから大丈夫だよ。自由にしてもらって」

「いろいろ甘えてごめんね。めっちゃ楽しい時間だからみんなに自慢したくって」

「もぅ……。うちの美結がごめんなさい、遊斗お兄さん」

「わたしからも」

「うん？　本当に気にしないから平気だよ。友達から同じこと言われたことあるけど、同じように答えてるくらいだから」

快く許可を出した結果、なぜか真白と心々乃に謝られる。

今度は強調して返す遊斗だが、謝られた理由を知る由もなかった。

美結は日常のことしか投稿していないのにもかかわらず、二万人以上のフォロワーがいるアカウントで、『超楽デート中♡』なんて陽気なメッセージの下、集合写真を貼り付けようとしていたのだから。

大学に入ってから男性フォロワーがさらに急増したそのアカウントで、自慢の投稿をしようとする美結だったのだ。

＊　＊　＊　＊

遊斗とと花宮三姉妹がファミレスを出てすぐ。

美結がとあるInstaに投稿した内容には――大きな注目、反響が寄せられていた。

『えっ、その人美結ちゃんの彼氏⁉　めっちゃイケてるじゃん！』

『えっぐい優しそうな雰囲気してる（笑）』

『めちゃくちゃ楽しそうでいいね！』

『んえ？　美結ちゃん彼氏できたの⁉』

地元の友達からはそんなコメントが。

『え？』

『デート……？　嘘だろ⁉』

『その男、なんでそんなに溶け込めてるんだ？』

『ソレ誰⁉』

旧白埼大学に通っているフォロワーからはこんなコメントがずらずらと。

この投稿による反響は群を抜くもので、注目の浴び方も拡散のされ方もすごいものだった。

『美結ちゃんが男の人の写真投稿してるの初めて見た！』

そのコメント通り――異性に初めて触れた美結の投稿でもあり。

そんな現在進行形で渦中にいることを知る由もないその男は――。

「うえーい」

「わー」

美結と心々乃がベッドにダイブする姿を見て、優しい笑顔を浮かべていた。

「こ、こらぁっ！　人様のベッドでなんてことしてるのっ！　早く退きなさいっ‼」

コンビニで飲み物やお菓子を買って自宅に着いた今、遊斗の寝室では賑やかな光景が広がっていた。

腰に両手を当ててぷりぷり怒っている真白だが、この二人にはなにも効いていない。

正直、静観する遊斗も微笑ましく思ってしまうほど。

こればかりは幼い容姿が影響していると言わざるをえないだろうか。

「まあまあ。遊斗兄ぃが『いいよ』って言ったんだし」

「え、えっ⁉　そうだったんですか⁉」

「特に困ることはないからね」

コンビニで商品を選んでいる中、小声で確認を取ってきた美結と心々乃を疑問に思っていたが、ようやく合点した。

長女を驚かせるためだったのだろう、と。

「これいいベッドだよマジで。真白姉ぇもおいでよ」

「いい匂い……」

「で、でも、その……」

ベッドに飛びつきたい気持ちは二人と同じなのだろう。しかし注意した手前、なかなか行動に移せない様子。

上目遣いで遊斗を見て、ベッドに寝転ぶ二人を羨ましそうな目で見て、また遊斗を見る真白。

どうしてこんなにも感情が伝わってくるのだろうか、小動物のような目の動きを見せる真白に頷けば——。

「っ！」

一瞬で、にぱーと明るい顔になる。

それからはすぐだった。

小さい両手を上げて、空いたスペースにボフッとダイブしたのは。

一番のまとめ役でしっかりしている真白だが、こうしたところは年相応というのか、少し見

た目相応にも思える。

「いやあ、それにしても遊斗兄ぃの部屋ってめっちゃ綺麗じゃない？　失礼だけど男の人の部屋ってもっとゴチャゴチャしてるもんだと思ってた」

異性の部屋に一度も入ったことのないようなセリフを口にする美結は、さらに言葉を続けた。

「コレ、女をいつでも連れ込めるように的な？　てか連れ込んでるでしょ。部屋漁れば痕跡出てきそう」

「本当になにも出てこないよ⁉　そんなこと一度もしたことないんだから」

「ほん……と？」

「本当ですか？」

「み、みんなして疑うようなことかな……」

『モテていそう』と思ってくれるのは嬉しいことだが、本当のことを言っているだけの遊斗である。

必要最低限の物しか部屋に置いていないため、変に散らかることがなく、掃除も簡単で楽しく行える。というのが人並み以上に綺麗になっているカラクリ。

とてもシンプルな理由である。

「まあ遊斗兄ぃに彼女いないのは、ラッキーなわけだけど」

「そうなの？」

「そりゃそうだよ。彼女いたらいろいろ気を遣わないとだし。それこそ家にお邪魔するなんてそう許されることじゃないだろうし」

「私達は義妹なので、血が繋がっているわけではないですからね」

「逆の立場だったら、わたしは嫉妬する……」

「ああ……。確かに逆の立場で考えたら僕もそうかも……」

　彼女がいたとして、そんな彼女の家に容姿が整った義兄が三人もお邪魔していたら……。そう考えると、モヤモヤするものがある。

「……これ言うと変な空気になるかもだけど、遊斗兄ぃをどこか異性として見ることだってあるだろうしね？」

「あ、あはは……。逆も然りだね」

　魅力的な人物に成長しているからこそ、このように捉えて部分がある。

　冗談めかして言ったが、これは避けようのないことなのかもしれない。

「っと！　これ以上この話をするのはアレだから、話題を変えるとして……そうだ！　遊斗兄ぃ、夜ご飯はどうする？」

「個人的に駅の近くで外食をして解散って流れがスムーズかなって思ってるんだけど、みんなはどうかな」

「……真白お姉ちゃん。頑張って」

「あ、あのっ！」

「うん？」

心々乃の声を聞いた瞬間、ベッドから上半身を起こして女の子座りをする真白は、肩に力が入っているような、緊張しているような姿で言った。

「も、もしご迷惑でなければ私がお料理を作っても大丈夫でしゅか⁉」

そして、見たままの様子は正しかった。大事なところを思いっきり噛んだ彼女の顔は途端に下がる。

「えっ、真白さんお料理作れるの？」

ツッコミを入れた方が都合がいいのか、触れない方が都合がいいのか。その二つを考えた結果、後者を選ぶ遊斗である。

「そう……。お料理するの、いつも真白お姉ちゃんなの」

「もうずっと遊斗兄ぃに『手料理食べさせたい』ってそわそわしてたから、ここは花持たせてくれたら嬉しいなーなんて」

「ど、どうでしょうか……？」

美結も心々乃も噛んだことには触れない。正しい選択を取れたことにホッとしていれば、顔を真っ赤にして、もじもじしながら再び確認を取ってくる真白である。

目を潤ませて断られた時の不安を露わにしているが、こんなに嬉しいことを言ってくれたのだ。断るはずがない。

「それならこっちからお願いしたいくらいだよ」

「だってさ、真白姉ぇ」

「よかったね」

「あ、ありがとうございますっ‼」

一件落着というような二人と、嬉しさを目一杯に溢れさせ明るい表情になる長女。

二人から慕われていることがわかる光景だ。

「ただ本当に申し訳ないのは、材料がないから買い出しに行く時間が必要になるんだけど、大丈夫かな?」

「もちろん構いません！　私が買い出しに行きますからっ！」

「いやいや、さすがにそれは僕が」

「いえいえ！　私が！」

甘えることは極力したくない遊斗と、手間をかけさせたくはない真白。当然とも言える意見のぶつかり合いだが、この戦いを上手に終わらせてくれる人物がいた。

「じゃあみんなで行こーよ。あたし達も付き合いたいし、それが一番だって。ね、心々乃?」

「ん」

「はは、確かにそれが折衷案だね。真白さんも大丈夫?」

「もちろんですっ！」

気持ちのいい返事を聞けて、今後の流れが決まる。

また本当に手料理を食べさせたかったのだろう、目の輝きがすごいことになっている真白。

本当に宝石のようなお目目になっていた。

それから近所にある大型スーパーに足を運んだ四人。

買い物カゴが半分ほど埋まったところで、美結と心々乃は少し距離を置いて話していた。

「……ね、心々乃。あれヤバくない？　なんであれができるんだろ……」

「わからない……」

二人の目には、ちっちゃい真白が背伸びをしたりで高い棚にある商品を一生懸命手に取り、ちっこい真白が重たい商品も手に取っているという光景。

そんな商品を遊斗が手渡しで受け取り、カゴの中に入れるという光景。

『それ役割が違くない？』

『苦労してるんだから手伝えばいいのに』

見ている側からすればこんな意見が出るのが普通だが、真白のことをよく知る二人だからこそ、逆に驚嘆するのだ。

真白のコンプレックスを刺激せず、本人の『やりたい』という気持ちを汲み取って、尊重しているのだと。

「真白姉ぇの地雷踏み抜かないのってマジでどうなってんだろ……。ファミレスとかもろもろであんなに気を遣ってくれたのに、今だけは手伝わない方が喜ぶって絶対わかってやってるよね？　手伝えば手伝うだけ喜んでもらえるって考えるのが普通なのにさ」

「ん、さすがわたしのお兄ちゃん……」

「マジで自慢できるよね」

「できる」

ピクリと眉を上げてニヤける美結と、コクッと頷きながら即答する心々乃。

『義兄』だという補正はどうしても入るところだが、補正を抜きにしてもその評価は少しも変わらない。

「……あと、嬉しい」

「え？　自慢できることが？」

「ううん、真白お姉ちゃんのこと、ちゃんと考えてくれてるところ……」

「そこはあたしも同じだって。なにかと誤解されて不憫（ふびん）な目に遭ってることも多いしさ？」

これは本人の前では言えないこと。それでも姉妹愛を感じられるやり取りだろう。

「ほかにも遊斗お兄ちゃん、なにも変わってなくて嬉しい。変わったの大きくなったことくらい」

「てかさ、小さい頃のあたし達ってめっちゃ構ってちゃんだったから、それが今の遊斗兄ぃにも影響してる感ない？　面倒見よすぎだし、なんか保育士みたいな雰囲気出てるし」

「……そうかも」

二人がこの会話をしながら見つめる先は、今にもスキップを始めそうなほどご機嫌に買い物をしている真白である。

先ほど口にした通り、遊斗の面倒見がよい結果、長女がああなっているわけである。

「あんな人にあたし達の仕事教えたらどんな反応するんだろ。ちょっと気になるかも」

「……腰を抜かしそう」

「にひひっ、目ん玉も飛び出しそうだよね」

こうも余裕のある態度を見せている美結だが、全て(すべ)は想像の話だからこそ。

「真面目(まじめ)な話、引かれないか心配……」

現実味のあることを考えれば、心々乃の言う通りになる。

「まあそっちの方が、ファンが定着しやすいこととか説明すれば理解してくれる気はするけどさ。あたし達も生活するために必要なことをやってるわけだし」

「でも、えっちなことに興味あるって思われる……」

ぼそぼそと言い、顔を朱色に染めながら「それだけは嫌……」と伝える心々乃だが、『はあ？なに言ってんの？』と表情を崩す美結がいる。

「興味あるのは事実じゃん。一番ムッツリだし」

「ち、違う……。そんなことない。そんなことないもん……。本当……」

「アッチ系の投稿数見ても心々乃がダントツじゃん。わざわざあんなことやこんなこと描いてリアリティ出し始めたのも心々乃が最初だし」

「……み、美結お姉ちゃんのばか……」

確かな物的証拠を挙げられては勝ち目などない。完敗する心々乃はこんな捨て台詞を吐いて遊斗と真白の元に走っていく。

首元まで真っ赤にしながら。

「あーあ。その状態で戻っちゃダメだって」

美結の独り言は当然、正しい方向に転がる。

「――心々乃さん大丈夫？」

「っ！」

次女の耳に届いたのは、面倒見のいい遊斗が妹を完全に捕らえてしまったであろう言葉。

心々乃は三姉妹の中でも一番のインドア派。一番の肌の白さだからこそ、色づいた顔がより目立つのだ。

「仕方ないねえ……」

『エッチな話から逃げてきた』なんて正直なことを言えるはずもない。

あわあわしている心々乃を見て、呆れながらゆっくり近づいていく美結はすぐさま助け舟を出す。

「ごめん遊斗兄ぃ。心々乃の体をくすぐってたらこうなってさ」

「あー、他のお客さんの迷惑にならないようにね？」

「わかった。もうしないようにする」

自分の印象が少し悪くなってしまう言い分をしてしまうが、これ以上に誤魔化しの利く庇い方が思いつかなかったのだ。

ここでチラッと心々乃に視線を送る美結はこっそり人差し指を立てる。

『貸し一つね』と伝えるが、心々乃は不満そうなジト目を作って首を横に振った。

『美結お姉ちゃんのせいだ』と。

「……ねえ遊斗兄ぃ。心々乃が全然可愛くない」

「え？　そんなことないよ」

「っ！」

「あっ……。って、なんてこと言わせるの美結さん！」

自然な言い方だっただけに、思わず本音で返してしまった遊斗と、唐突に褒められ息を呑む心々乃。

「……」

「……」

どこか冷たい視線を向けるのは、真白と美結の二人。

「べ、別に変な意味で言ったわけじゃないからね⁉　今のはその、なんて言うか……」

今日初めて窮地に立ったような状況。この現状を打開するために必死の弁明をする遊斗。そんな本人に余裕がなかったからこそ、なにも気づけなかった。

二人の視線が『どうして心々乃だけ……』なんて理由からきているものだということを。

横に流した前髪を目にかけようとして、熱のこもった顔をできるだけ隠そうとしていた三女がいることを――。

そんなことがありながらも無事に買い物も終わり、なんとも言えないような空気もどうにか戻り、夕食の時間となる。

「あ、あの……お味の方はどうでしょうか？」

「いや、めちゃくちゃ美味(うま)い！　美味(おい)しいよ！」

「あっ、ありがとうございますっ‼」

真白の手料理の一つ、チキンのトマト煮を一口食べた遊斗は、あまりの美味しさにテンションを上げて感想を伝えていた。

お世辞でもないことはこの反応でわかったのだろう、真白もにぱあと笑って嬉しそうな笑顔を浮かべている。

「朝ご飯も作り置きしてますので、もしよければ食べてくださいねっ」

「えっ、そうなの⁉　もー本当にありがとう！」

夕食を作るだけでも大変なのに、朝のことまで考えて料理を作ってくれていた真白。

本当に頭が上がらない思いだ。

「ね、一つ気になったんだけどさ、遊斗兄ぃも料理するの？　調理器具とか一式揃えてあるじゃん？」

「いや、それが全然で……。恥ずかしい話になるんだけど、一人暮らしを始めた頃に意気込んで買ってみたものの、結局そのままって感じに」

「にひひ、三日坊主ってやつね」

「あはは……。今はお米だけ炊いて、スーパーで惣菜とか冷凍食品を買う生活をしてるよ」

なぜ続かなかったと聞かれたら、慣れてない分、自炊が本当に大変だったから。

大学の勉強とバイトと自炊を両立させられなかったから。

「その生活ってさ、好きなものばっかり買ってるんじゃない？　お肉とかお肉とかお肉とか」

「ま、まあね？」

「遊斗お兄さん、栄養バランスはしっかり考えてお食事しないとダメですよ……？　食事に偏りが出てしまうといろいろな影響が出てしまうんですから」

「真白姉ぇ、今日くらいは大目に見てあげなよ」

「特別な日……だよ」

「だ、だって心配になるんだもん！」

十数年ぶりに再会を果たした今日は、『場の空気を第一に』と考えている美結と心々乃。

真白もその気持ちに理解を示しているのだろうが、いつも献立を考えて料理を作っているだけに、職業病のようなものがあるのだろう。

意見が対立する結果になっているが、これも全員が全員遊斗のことを考えているからに違いない。

「みんなありがとうね、本当。すごく嬉しいよ」

「ほらあ、真白姉ぇのせいで遊斗兄ぃが気を遣っちゃったじゃん。どうしてくれるわけ」

「……真白お姉ちゃんのせい」

「わ、私だけのせいじゃないでしょ！」

美結と心々乃から責め立てられる真白だが、やられっぱなしではない。

あわあわしながらもしっかり言い返している。

一人暮らしの部屋にはなかった賑やかさ。

ガーガーとした三姉妹の言い合いを見つめる遊斗は、目を細めながら一緒に暮らしていた当時を振り返り、懐かしさを覚えていた。

「……」

もう一つ。本当に楽しいひと時を、いつもは寂しいこの部屋で過ごすことができた遊斗だった。

過ぎていく時間は本当に早いもので。

満月の夜空。空気の澄んだ暗闇の空に悠々と月が浮かぶ時刻、二十一時三十分。

「遊斗お兄ちゃん、わたし達のお家まで送らなくても大丈夫……だよ？」

「そうですよっ！　本当に悪いので、せめて遊斗お兄さんの最寄りの駅までで……!!」

「あたし達の家まで電車で30分くらいかかるから、遊斗兄ぃの場合、往復で一時間もかかるだろうしさ」

「でも、一時間くらいなら全然――」

義妹を安全に送り届けられるなら、一時間かかろうと構わない。

正直な気持ちを伝えたが、ここは美結の領分だった。

「――あたし達ももう子どもじゃないしね、真白姉ぇ？」

「そうですっ！　大人ですっ!!」

「あはは、それじゃあ最寄りの駅まで送らせてもらうね」

「うん……。それで大丈夫……」

堂々とした真白の言い切りと、ニッコリとした笑顔を見たら、こちらが折れる他なかった。

エレベーターの待ち時間でここまでのやり取りを終わらせ、月明かりが照らす夜道を歩いて駅に向かっていく。

あまり広い道ではないため、真白と心々乃が先頭、遊斗と美結が後続という形で。

「こんなにあっという間な時間は本当久しぶりだったなぁ……」

「マジ？　お世辞でもそう言ってくれると嬉しいよ」

遊斗が主に会話をするのは、隣で肩を並べている美結である。

「ねえ遊斗兄ぃ、次会えるのはいつになるだろうね？」

「予定を合わせる以外でってなると、僕のバイト先が確実かな。平日は夕方に入ってることが多いから、その時間に来てもらえたら、顔を合わせられると思うよ」

「——そういえばっ、遊斗お兄さんはどこのカフェで働いているんですか⁉」

今の話を聞いていたのか、急に後ろを振り返って興味津々に聞いてくる真白。

「旧白埼大の最寄り駅の中にあるタリィズだよ」

「あー。それあたしだけが知ってる情報だったのにー」

「美結お姉ちゃん、大事なこと隠すのダメ……」

「そんなこと言うけど、心々乃はカフェに行けるような性格じゃないじゃん」

「い、いけるもん……。真白お姉ちゃんか、美結お姉ちゃんと……」

「一人で行けないってことじゃん」

「うるさい……」

「はあ⁉　うるさいはないでしょ！」

「ふふっ」

「ははっ」

二人のやり取りに思わず笑ってしまう真白と遊斗。

じゃれあいの一環だが、軽い口喧嘩が勃発してしまったため、また美結との会話に戻ることになる。

「あ、そうだ。これ言い忘れてたんだけど……ありがとね、遊斗兄ぃ。まだお礼言ってなかったよ」

「お、お礼？」

「初めて会ったカフェでのこと。あたしがこっそり一人で勉強してるって……今日会話のネタになったはずなのにバラさなかったじゃん？」

今日『カフェ』の言葉が出た時から、美結は改めて思い返していた。

あの時、遊斗と交わした会話を。

『あの、お姉さんはお勉強を？』

『ん、そだよ。一人でコツコツ頑張ってるの偉いでしょ？』

『はは、確かにそうですね。これはその……受験勉強ではないですもんね？』

『そ。これめちゃくちゃ自分語りになるんだけど、あたしには姉と妹がいてさ、その二人がめちゃくちゃ頭いいの。だから集中できる場所で勉強しないとついていけないんだよね。……昔っから』――と。

真白と心々乃には内緒にしていることなのだ。遊斗がこの時の会話を口にすれば、大きな反応と、からかいという名の盛り上がりがあっただろう。

だが、遊斗はそれをしなかった。今日は一向にその話題に触れることをしなかったのだ。

「だからさ……？　ども」

「えっと、会話のネタってなにかな？　美結さん」

「う、うっわー。そこで惚けるのはさすがにズルいって」

盛り上がるはずの話題を口に出さなかった理由は一つ。『真白と心々乃にはバレたくない』との気持ちを理解していたから。

「じゃあもういい。そのスタンス取るならもういい」

美結はチラッと視線を向け、投げやりに返事をする。

ただ、これだけでは終わらない。

『マジでありがとね』と、遊斗の横腹にベシっと肘を突き刺すのだ。

もちろん痛くないような加減がされているが――。

「――ぐぁ。真白さん、美結さんに暴力振るわれた……」

「えっ⁉　なっ、なにしてるの美結っ‼」

「は？　いやちょっと待ってって！　暴力っていうような暴力してないって！」

「苦しい声が出てたじゃない‼」

「それ演技だし！　って、真白姉ぇにチクるとかマジでズルい！　バカ！」

「遊斗お兄ちゃんの悪口……言わない」

「し、四面楚歌（しめんそか）じゃん……」

ここでその四字熟語が出てくるのはさすがだろうか。

頭の回転のよさにクスッと笑みを浮かべれば、恨めしそうな目を美結から向けられる。

「もう怒ったかんね、遊斗兄ぃ。いつか絶対仕返ししてやるから」

「次にカフェに来てくれた時、飲み物サービスするよ。今のお詫びに」

「ケーキも追加」

「あはは、ちゃっかりしてるなぁ」

ここであえて〝カフェ〟のことを引き合いに出してきた時点で、わざと惚けたのは間違いないだろう。

『マジで食えない人（ヤツ）……』なんて心の中で呟くと同時に、昔と変わらず『敵わない相手』であることを悟る美結であり――遠目に最寄り駅が見えてくる。

もうすぐ楽しい時間も終わり。義兄との別れの時。

「……ね、美結さん」

「なっ、なに？」

大きな寂しさに襲われている最中、耳元で話しかけてくる遊斗がいる。

「これ、渡しておくね？　ファミレスで撮った写真も一緒に送ってくれると嬉しいな」

「……え？」

遊斗から渡されるのは、四つ折りになったメモ用紙。

首を傾げながら受け取り、紙を広げればボールペンで書かれていた。

『LAIN ID』の文字から続き、遊斗の連絡先が。

「え、えっと……みんなにもよろしくね？　タイミング計ってたんだけど、渡す勇気がなかなか出なくて……」

「ぷっ」

今までずっと頼り甲斐を見せてくれたのに、リードしてくれていたのに、まさかの姿である。

笑いを堪えるのに必死な美結は、目を細めながら言う。

「遊斗兄ぃって結構ウブだね。あたし達が断るわけないのにさ」

「う、うるさいです……」

「にひひ、まああとは任せてよ」

もうこの時、襲っていた寂しさは払拭されていた。

連絡先をもらった嬉しさが勝ったことで。

なにより頼られたことが嬉しかったことで。

ポンポンと義兄の大きな肩を叩き、『安心してねん』とも伝える美結は、気恥ずかしそうにしている遊斗の表情を目にしながら――さらにニヤニヤと笑みを浮かべるのだ。

＊　＊　＊　＊

時刻は二十二時過ぎのこと。

「――うんうんっ！　遊斗お兄さんと会えたの！　昔と同じですごく優しかった！　あとね、私のお料理も美味しそうに食べてくれたの!!」

電車を使って無事に帰宅した三姉妹の一人、真白はリビングでピョンピョン跳ねながら、ぱぁぁあぁとした顔で今日のことを母親に報告していた。

そんな楽しそうな電話を邪魔しないように、仕事部屋には二つの影があった。

「うわ、もうラフ描き始めてるし」

「ん、早く描きたかったから」

白色のアーロンチェアに座り、イラストを描く機材の液晶タブレットに向かい合っているのは心々乃。

デスクの上にはプリントアウトされたファミレスの集合写真が置かれていた。

「あ、これ遊斗兄ぃをモチーフにした男を使おうとしてるでしょ」

「……ダメ？」

「別にダメじゃないけど、そんなにしてほしかったならそう言えばよかったのにってさ」

美結が目に映しているのは、男子に頭を撫でられている女子のラフ絵。

願望が大きく表れた構図である。

「正直言えたでしょ？　あんなに優しい雰囲気持ってたんだから」

「……うるさい」

「別にうるさくはないと思うけどねえ」

小さな頃はよく頭を撫でられていた心々乃。要求することも多々あった。本人もそのことを覚えているからこそ、ふと懐かしくなったのだろう。

「スーパーであたしが言った『可愛くない』を否定された時でしょ？　そう思ったの」

「……教えない」

「にひひ」

否定しないあたりが図星である。

「心々乃がその手のやつ描くなら、あたしも真似して投稿しようかな。一つ描きたい構図あるんだよね」

「美結お姉ちゃんはどんなの描きたいの……？」

「背徳感系。誰にもバレてない感じでこっそりやり取りしてる的な」

「……もうわかった」

声のトーンを落として恨めしそうに目を向ける心々乃。

遊斗の連絡先を一人だけ教えてもらっていたことは、電車での移動中に教えてもらったのだ。

その時の気持ちを表現したイラストを描くつもりだろう。

「まあシチュエーションは変えるけど、秘密のやり取り的なところ押し出せば、バズりそうじゃない？」

「……大当たりしたら、えっちなのも……描く？」

「は？　今回はモチーフがモチーフなんだから無理でしょ」

「……」

男役を遊斗と見立てて描く場合、女役は当然自分となる。

当たり前突っ込む美結に対し、バツが悪そうに視線を逸らす心々乃である。

「ま、まあ……心々乃の立場で考えれば、それも仕方がないんだろうけどさ。最終的にはソッチを期待されてるわけだし」

「わたしのファンの人、本当にえっちな人ばかりで困る……」

表情を変えずに心の底から言葉を放つ心々乃だが、ここでも『はあ？　なに言ってんだ』となる美結である。

「いや、あんたがむっつりだから同志が集まってくるんだって」

「ち、違うもん……」

「違くないし」

「そ、そんなこと言う美結お姉ちゃんも、最近はよくえっちなの更新してるくせに……」

「心々乃とは桁（けた）が違うけどねえ。もう絶対追いつけないレベルだし」

「っ……」

そんな言い合いを繰り広げていた矢先だった。

電話が終わったのだろう、ペタペタペタペタと廊下を走ってくるような足音が近づいてくる。

「──け、喧嘩⁉　喧嘩はダメだからね！」

そして、仲裁するように慌てた真白が登場した。

ドアの真ん中に立ったことで、ちっちゃさがより目立ってしまっている形で。

「いやいや、喧嘩なんかしてないって。ただのじゃれあい」

「ん……」

「それならよかった！　って、心々乃もうお仕事始めたの⁉」

「始めた」

美結と同じ反応をする真白。本当に似た者同士で、この部屋にはようやく三人の〝プロ〟が集った。

PN（ペンネーム）、まっしろ。

Twitto（ツイット）のフォロワー数は274,731人。月額のメンバーシップには20,571人。

PN、みゅ。

Twittoのフォロワー数は241,813人。月額のメンバーシップには15,713人。

PN、こっこの。

Twittoのフォロワー数は314,951人。月額のメンバーシップには36,381人。

三姉妹で活動していることはプロフィールで公表していることで、それぞれが二十万人以上のフォロワーを持っている業界でも有名なイラストレーター。

そして、メンバーシップにこれだけの差がある理由は——R-18作品の投稿数の違い。

「あっ、心々乃も遊斗お兄さんをモチーフにして描こうとしてるんだ？」

「……真白お姉ちゃんも？」

「うんっ！　私も遊斗お兄さんとの一幕を題材としてて!!」

「あ、ならさ？　企画ってことにして、みんなで時間合わせてフォロワーに誘導しない？　もしお兄ちゃんがいたら～①、②、③的な感じでさ。タイトルはまあ要相談で」

「賛成っ！」

「……わかった」

フォロワー数二十万人越えのイラストレーター三人でそれぞれのアカウントに誘導。こんな宣伝方法を簡単に取れるのが、三姉妹の強いところでもある。

「まあ話変わるけど、仕事の情報管理はマジでしっかりしてこ。バレないように」

「そ、それは絶対だね！」

「ん……」

健全なものだけを描いていれば、堂々と遊斗に教えられただろう。

しかしながら収入や人気、仕事の幅を広げるために足を踏み入れたコンテンツがコンテンツ。バレた瞬間、顔を合わせられなくなるようなイラストを描いている三人なのだ。

「そ、そういえば美結お姉ちゃん……」

「ん？」

「Instaの投稿、どうだった……？　反応もらえた？」

恥ずかしい話題であるばかりに話題が逸らされる。

「あ、そうだそうだ。まだ見てなかった。ちょっと見てみる」

ポケットからスマホを取り出し、慣れた手つきでアプリを確認した瞬間である。

「……へ？」

頓狂な声を漏らす美結は、目を擦（こす）って画面を見て、また目を擦って再び画面を見ることになる。

「美結？　どうしたの？」

「んー。あ、あのさ……？　なんかとんでもないくらいにバズってるんだけど、これ大丈夫だよね？」

引き攣った笑みを浮かべながら、真白と心々乃にスマホを見せれば、すぐに目を丸くする二人である。

そんな二人が第一に見るのは、異常なコメント数と異常ないいね数の多さ。

「わ、悪ふざけな題名にするのはわかってたけど、『デート♡』にするとは思わなかったな。お姉ちゃんは……」

「ここのコメント見て……。遊斗お兄ちゃんが三股してることになってる……。誑しってコメントもすごくいっぱい……」

画面をスクロールしていけばスクロールしていくだけ、反響のすごさを実感すると共に、三人で顔を見合わせる三姉妹だった。

第四章　真白の思い

「な、なんだろ。この感じ……」

翌日のこと。

大学に近づけば近づくだけ肌を刺すような視線を感じる遊斗(ゆうと)がいた。

思わず腕や足を思わず確認してしまうが、もちろんなにもなっていない。

しかしながら――。

「気のせいじゃないよね？　う、うん……」

なぜか鳥肌が立つ。なぜか身震いするような動きをしてしまう。

「と、とりあえず中に入ろう……」

肩を摩(さ)りながら正門を潜り、早足に校舎へ向かっていく。

「……」

この間もチラチラと四方八方から感じる視線。

少し歩くペースを落としながら右側を歩く学生を見てみれば、すぐに視線を逸らされる。

次に左側を歩く学生を見てみれば、またしても逸らされる。

「な、なんだかバケモノみたいに思われてそうな……」

今までに体験したこともない状況。もう言葉にはならないような状況。

肩身を窄め、影を薄くしようとしたその時だった。

「──よお遊斗」

「ッ！」

背後からボン！　と肩に手を置かれ、骨が軋むような強さで握られる。

ゆっくりと後ろを振り向けば、いた。

弟か妹が欲しかったばかりにこの大学を受験した友達が。

「お、おはよう……」

「おはよ」

返事をしてくれるものの、目が笑っていない。

「んでさ、お前……昨日はお楽しみだったみたいじゃねえか。日曜デートだったたっけなあ？」

「え？　デート？」

「いやあ、お前のこと心配してたんだよ。十数年ぶりに妹と会うってことだから、ちゃんと馴染めるのかって。楽しい時間を過ごせるのかって」

「………」

遊斗の声はなにも届いていない。

「それはもう心配したさ。めちゃくちゃ心配したさ。んで心配した結果、よくもこんなイチャイチャ見せつけてくれやがったなあ？　おい遊斗」

ミシミシと肩に鈍痛が走る。

そんな中で友達に見せられるのは、Insta（インスタ）の投稿。

フォロワー数が二万人を超えている『Hanamiya Miyu』のアカウントで——三姉妹と自分の四人で撮った写真と、『超楽（たの）デート♡』の文字。

「楽しかったかあ？　デートは」

「デ、デートじゃないけど、楽しかった……」

「そうかそうか。そりゃ楽しくないわけねえよな。あの花宮（はなみや）三姉妹とお出かけしてるんだからよ。この大学で噂の三姉妹と普通に遊んでるわけだからよ」

「あ、あはは……」

引き攣（つ）った笑みで視線を合わせれば、まばたきをせずに目を合わせてくる友達がいる。

まるで感情を失っているロボットのように。

「オレ、こう言ってたの覚えてるか？　お前の義妹があの三姉妹だったら……オレが、お前を、蹴（け）り殺すって」

さらに強い力で肩を握られる。

この瞬間、遊斗は決意した。

「ま、まあその……。『蹴る』が追加されてることは一旦（いったん）は置いといて、まずは僕の言い分を聞いてもらえたら……」

口を動かしながらその手を優しく撫で、込められた力が弱まった瞬間である――。

「――ッ！」

振り切り、走って逃げる。

「お、おら待て！　いっぺん蹴らせろ！　いっぺんでいいから！」

「嫌だよ⁉」

朝から始まるのは生死をかけた鬼ごっこだった。

「はあ、はあ……。あ、あれはヤバい。ネタにしてもちょっとガチ感あったって……」

息を大きく切らしながら一限の講義室に逃げ込んだ遊斗は、フードを頭に被りながら、安堵(あんど)の気持ちで机に突っ伏していた。

「はあ……はあー……」

体を動かしたことで全身が熱く、吐き気を感じてしまうほどの息切れ。

こんなに疲れた状態では講義を集中して受けられるはずもない。まずは回復を優先させる。

そんな時間が数分続いた頃。

「あ、あの……すみません。お隣失礼します……」

遠慮がちな声をかけられる。

寝ているか、寝ていないか、わからない状態でいたこともあるだろう。

「――あっ、どうぞ」

「ありがとうございます!」

このような声をかけられるのは珍しいこと。

すぐに上体を起こして答えれば、フードの隅から女の子が頭を下げた様子がチラッと映る。

「おいしょ……」

そんな礼儀正しい小さな女の子は、体を180度回転させた後、膝(ひざ)を折ることもなく、背中で押し込むようにして重そうなリュックサックを机に乗せた。

小さな身長だからこそ、スムーズにできる芸当だろう。

「……」

と、あまり準備する様子をマジマジと見るのは好ましくない。

正面を向いて時間の経過を待つことにする。

その間、ちんまりとした女の子は、バッグの中からポンポン教材を出していく。

ゆっくりというわけではなく、授業にワクワクしていそうな取り出しのスピードで――。

「うん。忘れ物もなし……」

小さな指でさしながら小声で確認を取る女の子は、両腕でバッグを抱えて床に下ろす。

その瞬間のことだった。

柑橘系の香水がふわっと漂った。

直近で嗅いだことがあるような香水。いや、昨日匂ったようなその香水。

「え……？　真白さん？」

一度顔を確認することなく、フードを脱ぎながら視線を向ければ、そこには予想した通りの人物がいた。

「えっ、遊斗お兄さん⁉」

「ちょっと声が大きい……」

「す、すみませんっ‼」

まさか知人が隣に座っていたなど思ってもいなかったのだろう。

まんまるとした青色の目を大きくしながら、両手で口を押さえる真白だが、もう遅かった。

『お、おい。あれって噂の三姉妹の……』

『今お兄さんって言ったよな……？』

『ま、間違いねえ……。噂のアイツだ……』

四方八方からの含みがある視線を感じる遊斗は大学に着いたとき、なぜ注目を集めていたのか、その理由を正確に理解するのだった。

その後、講義室に先生も訪れ、現在は一限の講義中。

「ま、まさか遊斗お兄さんと同じ講義を受けることになるなんて……」

「大学ならではだよね」

周りの迷惑にならないように小声でやり取りをする二人。

シャーペンを握って黒板に書かれた内容をノートに取っていく遊斗は、目をキラキラさせている真白にもう少し話題を振る。

「あ、そうだ。昨日は連絡先を交換してくれてありがとうね。まだ言葉でお礼を伝えられてなかったよ」

「お礼なんてそんな。私も交換できてすごく嬉しかったです……」

連絡先を美結に渡し、共有してくれたおかげで真白や心々乃ともメッセージのやり取りを行えたのだ。

こうして嬉しいことを言ってくれると、行動に移した甲斐があるというもの。

「それと昨日作り置きしてくれたご飯、今朝美味しく食べさせてもらったよ。すぐに完食しちゃったくらいで」

「ふふっ、お口に合ってよかったですっ。お料理を作るのは大好きなので、また作ってほしい時があればいつでも呼んでくださいね」

「……本当？　じゃあ毎日作ってもらおうかな」

「っ⁉」

「はは、もちろん冗談だからね」

眉をピクっと上げて驚きを見せる真白にすぐネタバラシをする。

本音を言えば毎日作ってほしいほど、毎日食べたいほど美味しかったご飯だが、その気持ちに甘えるわけにはいかない。

電車での移動時間や、料理を作る労力を考えれば、これは当たり前のこと。

「そ、それを言っていただけてよかったです……。毎日お邪魔してしまうところでした」

「そっち⁉」

「もちろんです」

本気と思える表情で伝えてくる。見た目通りの純粋さだろうか。

これからこのような冗談を控えようと心に決めたときだった。

「ふふ……。嬉しいなあ。冗談でもそう言ってもらえて嬉しいなあ……」

隣からほわ～とした真白の独り言が聞こえてくる。

本来なら聞こえない声量だろうが、講義中という静かな状況と、真隣という距離が上手く組み合わさった結果である。

聞こえないフリを決め込むものの、口元を緩ませながら講義の内容をメモしていく遊斗は、ここでようやく気づく。

三姉妹のまとめ役でしっかりしている彼女が、まだ一度もペンを手に取っていないことに。

嬉しそうな目が未だにこちらを捉えているのだ。

偶然会えた喜びもあるのだろう……。

それは遊斗も同じだが、このままなにも言わないというのは、この大学の先輩としても、義理の兄としても正しいことではない。

「真白さん、講義講義」

「っ！」

シャーペンでトントンとノートを叩きながら言えば、ハッとしたように正面を向いてくれる。

血の繋(つな)がった妹ではないが、(これを口にすると怒られるかもしれないが) 一番妹らしく見えるのがこの真白だった。

「……な、なんだか今日は集中ができない日なのかもしれません」

「その時はノート見せてあげるね。汚い字なのは申し訳ないけど」

「あ、ありがとうございます！　よし……っ」

背筋をピンと伸ばし、ぎゅっと空色のシャーペンを握った真白。

やる気スイッチを入れたような彼女を見て、自身も気を引き締める遊斗だった。

＊　＊　＊　＊

(やっぱり遊斗お兄さんは優しいなぁ……。しっかりしてるなぁ……)

講義の内容をノートに取りながら、真白は――私はチラッと隣を見ます。

そこには当たり前にいます。

集中して講義を受けている真面目（まじめ）なお兄さんが。時折頷（うなず）きながら、しっかり内容を理解しようとしているお兄さんが。

本当に予想もしていなかった光景です。

「……」

お兄さんのノートに目を向ければ、一つの嘘（うそ）を見つけます。

それは『汚い字』なんて言っていたこと。実際にはそんなことありません。

効率よく復習ができるように、わかりやすいように色分けもして丁寧に書いています。

力強い筆圧なのは、とても男性らしいです。

（……美結が言っていたこと、私もわかったかも……）

今、三姉妹全員で着手しているイラスト。その中で美結がコンセプトにしている背徳感。

妹達が知らないところで、私は遊斗お兄さんと一緒に授業を受けています。

妹達が知らないところで、私はお兄さんと関（かか）わっています。

昨日、美結と心々乃はこんなやり取りをしていました。

『いやあ、あんなにいい人ならもっと早く会いたかったよね～』

『もっと早く会いたかった』

『まあマジでこれからの大学楽しみじゃない⁉　夏休みとか一緒に旅行行けるかもだし！』

『ん』

ご機嫌に話していた美結と、コクコク頷いて即答していた心々乃。

目の前でその様子を見ていたからこそ、二人には申し訳ない気持ちがあります。でも、偶然だから仕方がないという気持ちもあります。

楽しまなければもったいないという気持ちがあります。

まさしく背徳感を感じる状況です。

（う、うん。これは偶然だから……二人に遠慮はしなくていいよね？　少し甘えても怒られないはず……だよね。ずっと会いたかった人にこうして会えているんだから……）

今の時間は本当に貴重なもの。

できることなら独り占めしたいもの……。この機会を逃したくないもの。

「……あ、あの、遊斗お兄さん」

「うん？」

集中しているところに声をかけるのは申し訳ない気持ち。でも、後悔はしたくなかった。

「ゆ、遊斗お兄さんは、今日はいくつの講義が入っているんですか？」

「今日は一限と三限の二つ入ってるよ」

「っ！」

今、一つの願望が叶った瞬間でした。

あとは、私が勇気を出してしっかりと伝えるだけ……。

「そ、そうなんですね！　あ、あの……。実は私も二限は空いていて、美結と心々乃は二限の授業が入っていて、その……わ、私一人になるんですっ」

（こんなこと今までしたことなかったから、とっても恥ずかしいな……。ちゃんと伝わっているかな……）

これはデートに誘っているわけではありません。でも、顔がとても熱くなってしまいます。

また、遊斗さんからの反応はありません。

不安になって横目で見てみれば、『あっ！』とした表情になりました。

「じゃあ駅周辺で一緒に時間潰す？　休み時間まで含めると結構余裕があると思うし」

「よ、よろしいんですかっ⁉」

「その代わり、真白さんがこの講義を頑張れたらね」

「で、でしたら頑張ります……っ‼」

『やった‼』という気持ちを今は必死に抑え、遊斗お兄さんに笑顔を返します。

このお話が白紙にならないように、真剣に講義と向き合う――。

そんな中で一つ、ふと脳裏によぎった思い出がありました。

十数年前、遊斗お兄さんを巡って三姉妹でよく喧嘩していたことを。

『ましろねえ、ひとりじめしないで』

『みゆこそ、ひとりじめしないの！』

『ふたりとも……ひとりじめしないで……』

『ここのもひとりじめしてるもん！』

『ふたりよりはしてない……』

三姉妹でギャーギャーと騒いで、お母さんから「迷惑をかけない」と怒られるのがいつものことでした。

「……」

遊斗お兄さんと関われば関わるだけ、〝その気持ち〟が再燃していることを、昔と変わっていないことを密かに実感する私でした。

＊　＊　＊　＊

「いやぁ、それにしても真白さんの集中すごかったな……」

「えへへ、遊斗さんと一緒にお出かけしたかったのでっ！」

九十分の講義が終わり、すぐに大学を抜けた遊斗と真白。駅に向かいながら話すのは一限での講義のこと。

「なんかずっとペン動かしてなかった……？」

「昔からですけど、授業や講義の内容を理解できたら、その時間で予習をするようにしているんです」

「よ、予習⁉　それはさすがだなぁ……」

にぱっと笑いながら伝えてくる真白に、瞠目する遊斗。

一体どれだけの理解力を持っているのか。

間違いなく言えるのは、誰にでもできることではないことだろう。

美結が『めちゃくちゃ頭がいい』と言っていたが、その片鱗を感じた瞬間だった。

「遊斗お兄さんには情けない姿を見せられませんからねっ！　もう成人してますし、三姉妹の長女でもありますので！」

「じゃあ方向に関することだけになりそうだなぁ。真白さんのそんな姿を見られるのは」

「っ！　も、もう……。その件はすぐにでも忘れてくださいよう……」

「あはは、ごめんごめん」

真白との出会いは大学内のマップが読めずに右往左往していたところ。

あの時に方向音痴だということを教えてもらった。

まだ最近のことだが、懐かしく思えるような記憶である。

と、話に一区切りがついたそのタイミングで――リュックサックの位置がズレたのだろうか、「おいしょっ」とのかけ声で定位置に戻す素ぶりを見せる彼女がいた。

「……」

もうこの様子も数回見ていることで、眉を寄せる遊斗である。

彼女のバッグの中には分厚い教材が入っている。小さな体格の真白は人並み以上に重さを感じていることだろう。

助けの手を差し出したい気持ちだが、出し渋っている理由は二つある。

『自分一人でやれることはやり切りたい』

『子どもに見られたくない』

そんな考えを持っている真白で、その気持ちをできるだけ尊重したいから。

「遊斗お兄さん、駅ではなにをしましょう⁉」

そんな彼女は変わらぬ笑顔で質問してくる。

「んー、そうだなー……」

人差し指で頬を搔きながら、一生懸命頭を働かせる。

「例えばだけど、スイーツの食べ歩きとかどう？　甘いものが大好きなのって真白さんだったよね？」

「っ‼　お、覚えていてくれたんですか⁉」

「ぼんやりとした記憶はあったんだけど、ファミレスで美味しそうにパフェ食べてたのを見てハッキリ思い出して」

「そ、そうでしたかっ！　昔から甘いものには目がなくって……。えへへ」

「じゃあ食べ歩きしよっか」

「ぜひお願いしますっ！」

行き先を決めるのは苦手な遊斗だったが、今回スムーズに決めることができてホッとする。

『よかった……』なんて心の中で呟いた瞬間だった。

今度はかけ声なく、またバッグを定位置に戻すように動く真白がいた。

こんなにも頻繁にしていると、勘ぐってしまう。

バッグの重みで肩に痛みが出ているのではないだろうかと。

「……」

顔や態度に一切出さない真白なため、判断には困るところだが……これから食べ歩きをするのだ。

カフェで休憩するような流れではないからこそ、遊斗は思い切って声をかける。

「ね、真白さん」

「はいっ？」

「そのバッグ、僕が持ってもいい？　少し重たいように見えるから」

「いえいえ！　これは私が持ってきたものですし、遊斗さんも肩掛けのバッグを持っていることですし、お気持ちだけ受け取らせてください。ありがとうございますっ！」

予想していたことを笑顔で言われてしまった。

やはりこの手のことは一人で頑張りたいのだろう。

その気持ちがわかっているだけに、別の言い分で攻めることにする遊斗である。

「なんて言うか、昔みたいに真白さんから頼られたいなぁ……って言ってみたり。たった一人の兄として」

「……っ」

「やっぱりダメ？」

ズルい言い方をしてしまうが、それだけ力になりたいという気持ちに偽りはないのだ。

「え、えっと、あの……。そのように言ってもらえるのは本当に嬉しいことなんですが、このバッグは見ての通りピンク色なので、遊斗お兄さんが背負うというのは……」

「大丈夫大丈夫！　これでも僕、ピンク似合うんだよ？　しかもこの服装だし」

「その服装ですと、より主張が激しくなるような……」

「そんなことないない。ってことで、はい！」

「……あ、ありがとうございます」

責任感が強い人物だからこそ、こちらで押し通すことが大事になることもある。

真白が躊躇(ためら)っているところ、バッグを支えて腕を抜いてもらう。

そして、体から離れたところですぐにバッグを背負い、簡単なポーズを決める遊斗である。

「ほら！　どう？　ピンクも似合ってるでしょ」

「ふ、ふふふっ、全然似合ってないじゃないですか。オシャレが無駄になってます。」

「またまた、そんなこと言って」

自信があるように振る舞う遊斗と、噴き出すように笑声を漏らして目を細める真白。

「……本当、こんなに優しい嘘を異性からついてもらったのは、生まれて初めてです……」

「あ、はは……。そうなんだ……」

この時、動揺を隠すことで精一杯の遊斗だった。真白の口から『異性』という言葉が漏れたことで。

また、自分だけがそんな捉え方をしてしまっていたわけではないと知って。

「……遊斗お兄さん、私からも一つワガママをいいですか？」

「う、うん？」

「これはとても恥ずかしいことなのですが、遊斗お兄さんのためでもありますから……」

目を伏せる真白がするのは一つ。

遊斗の袖を親指と人差し指で摑み、控えめながらも……ぎゅっとくっつくのだ。

「ちょっ⁉」

「す、すみません。でも、これで私のバッグを持ってもらっているって、周りの人にも伝わりますから……。私は義妹ですから、変なことでもないと思います」

真白にとっては恩返しなのだ。

周りから遊斗のことを変だと思わせないために。

また、彼の名誉のために周りの誤解を解く方法を取ったのだ。

「あ、あと……遊斗お兄さんが私のバッグを取っちゃったので、こうするんですからねっ。我慢してくださいねっ！」

恥ずかしさでいっぱいなのだろう。より強く体を預けて顔を隠す真白。

その反動というべきか、柑橘系の香水が強く香り、か弱い力と、柔らかい胸の感触が腕から伝わってくる。

「……」

「……」

お互いが思い合った結果、互いに顔を赤くしてしまうのだが——そんな雰囲気は霧散することとなる。

駅近に着き、食べ歩きスポットに足を踏み入れた瞬間である。

「わあー！」

右にあるお店を見て。

「わあーー！」

次に進んだ先にある左のお店を見て。

「わあぁーーー!!」

「あははっ」

その次にまた右にあるお店を見て。

甘いものが大好きな真白らしい反応が見られたことで。

目をキラキラさせて、一店舗一店舗見逃さないようにキョロキョロと首を動かしている姿を見ると、食べ歩きを選んでよかったと心の底から思えるくらいに嬉しく感じる。

普段と比べて少し大人っぽさが欠けてしまっているのは、好物に当てられているということでご愛嬌だろう。

「新鮮な反応をしてくれるなぁって思ったけど、駅周辺を見て回る機会って時期的にもまだ少なかったね」

「そうなんです！　最近まではちょっとスケジュールの関係でバタバタしていたこともあって」

「あ、引越しとかあっただろうし、家具とか揃えたりしないとだもんね」

「……そっ、そうですね！」

少し見当外れなことを言ってしまったかのような間があったが、恐らく考えすぎだろう。

「私、もう食べたいものが複数見つかったんですが、遊斗さんはどれが食べたいですかっ？」

「んー、まずはたい焼きを食べたいな」

「あっ！　実は私も狙（ねら）ってまして！　気が合いますね!!」

「はは、そうだね」

なんて笑顔で答える遊斗だが、『わあああーーー!!』と真白の反応が一番大きかったお店を選んだのは内緒。

「早速並ぼっか」と二人で行列の最後尾に並ぶ。

「ふんふん～ふ～ん」

順番を待っていれば、音符がつくような鼻歌が隣から聞こえてくる。

素でこんなにご機嫌さを露わにしているのだろうが、自然に人を喜ばせるのが上手なのだとも言える。

彼氏はいないらしいが、デートをする度にこんな姿を見せてくれるとなると、愛しい存在としてずっと映り続けるだろう。

ずっと楽しませてあげたい、なんて思うことだろう。

真白の鼻歌を聴きながら想像を働かせていると、すぐに注文する番となった。

「はい次のお客さん、ご注文をどうぞー！」

「遊斗さんはなににします？」

「僕はつぶあんで」

「それだけで大丈夫です？」

「う、うん。大丈夫だよ」

たい焼きは一個でも十分お腹に溜まるものだと思うが、昨日のファミレスでの真白の食べっぷりと、好物だということを考えるに、少なく感じるのだろう。

実際に不思議そうな顔で聞かれ……この予想は正しかった。

「わかりました！　ではつぶあんが五つと、カスタードが三つ、抹茶を三つください！」

「はいよ！」

「つぶあん二つは個別で、残りは箱に入れていただけると助かりますっ！」

「はーい、承知しました！　お会計が２２００円になりまーす！」

真白に任せた結果、たい焼きがまさかの二桁焼かれることになってしまった。

こんな量を一人で全部食べてしまうのかと思ったが……『三』という数から次女や三女の分まで入っているのは間違いないだろう。

それでも真白が食べるはずのたい焼きは合計で五つである。

「遊斗さん、これは妹の分も入っているので私が出しますね」

「せめて僕の分だけでも……」

「バッグのお礼ですので、ここは甘えてください」

「あれは僕のワガママだから」

「……嘘つき」

むーと眉の形を変え、細目になっていく表情を見て思わず笑ってしまう。

「それじゃあお言葉に甘えます」

「はいっ！」

最終的には押し通されてしまったが、真白の満足そうな表情からするに、正しい選択を取ることはできただろうか。

それから焼き立てのたい焼きを受け取り、食べ歩きを開始する。

「さすがは真白さんだよね。美結さんと心々乃さんの分のたい焼きも忘れずに買ってあげるところ」

「……これは内緒なんですけど、もしたい焼きが残ったら私が食べられるので、お得になることも多いんです」

「くふっ、なるほどね」

メリットの部分も答えてくれる彼女は、「いただきます」と口にして、たい焼きを大きく頬張(ほおば)った。

「美味しい？」

『コクコク』

ファミレスの時から思っていたが、口いっぱいに食べることで毎回喋(しゃべ)れなくなる真白は、幸せそうに目を細め、もぐもぐしながら、首を大きく縦に振って答えてくれる。

それはまるで子どものようであり……微笑ましい気持ちになる。

遊斗も同じようにたい焼きを口に運び、真白の歩くペースに合わせてゆっくり歩みを進めていく。

「たい焼きの次はなにを食べよっか？　次は真白さんの番でいいよ」

「個人的にはいちご大福か、クレープを狙っています」

「おお～」

本当に狙っていることがわかるような、すごい眼光の鋭さだ。

ちなみにつぶあんのたい焼きを二丁持ちで言っている真白でもある。

「いちご大福にもあんこが入ってるから、たい焼きを二個食べた後だとクレープの気持ちになってるかもね」

「あっ、確かにそんな気がします！」

「クレープだったら、ここを真っ直ぐ進めば確かあったはずだよ」

「それは嬉しい情報を聞けました！　急いで食べないと……」

「全然全然！　ゆっくり行こう？　時間にはまだまだ余裕があるから」

「そ、そう言ってもらえると助かります！」

話の区切りがついたところで、再びたい焼きを頬張った真白。

一口が大きいのはきっと幸せを大きく噛み締めるためだろう。

「……」

ふと隣を見れば、右手に持っていたたい焼きが一個消えていた。

まるでマジックを見ているような光景は驚きで……ふと、彼女の口元を見て気づくことがある。

「真白さん、ちょっとこっち向いてくれる？」

『はい？』

もぐもぐしたまま、首を傾げてこちらを見てくる。

やっぱりついていた。

歩きながら小さな口で頬張れば、こうもなってしまうだろう。

「ちょっとごめんね」

ポケットからハンカチを取り出し、その箇所を優しく拭き取っていく。

無抵抗……いや、ビクッと固まってくれただけに、その処理はすごくやりやすかった。

「本当懐かしいなぁ……。こんなこと昔もあったよね」

「……は、はぃ」

綺麗な口元になったところで問いかければ、消え入りそうな声をあげて真っ赤な顔を伏せる真白がいた。

手頃だったのだろう、手に持っていたたい焼きと、空いた片手を使ってさらに顔を隠し始めた。

「あ、あの……遊斗さん……。美結と心々乃には内緒ですからね……」

「ははっ、それはもちろん」

遊斗だって義兄らしい姿を見せたいのだ。長女らしい姿を見せたいというのは共感できること。

――そんな遊斗は知らなかった。

義兄とのお出かけが本当に楽しい。もっとたくさんお話したい。そんな気持ちでいつもより早く食べた結果、口元にあんこをつけてしまった真白であることを。

その後はクレープ、お団子、いちご大福、ソフトクリーム。

そんな順番で駅周辺を回った二人。

今はベンチに座って（口元につかないように）ちびちびとカップに入ったソフトクリームをスプーンで食べている真白を見ながら、遊斗もコーンに乗ったソフトクリームを食べていた。

「ゆ、遊斗お兄さん」

「うん？」

「私の口元にまたつかないかどうか、楽しんで見ていません……？　なにかそんな視線を感じます」

「そんなことないよ？　うん」

そんなつもりはなかったが、真白からの追及に変に動揺してしまう。

「今のうちに言っておきますけど、もうあんなに情けない姿は見せませんからね！」

「もちろんわかってるよ」

語尾を強める真白だが、全然怖くないのが彼女であり、思わず笑みを浮かべながら返してしまう。

「本当にそんな目で見てたわけじゃないよ」

「本当ですか？　では……どんな目で見ていたんですか」

丸くて大きな目を持っている彼女だからこそ、ジト目になればまた別の可愛さがある。

眉も器用に動かして八の字にしている。

そんな表情豊かな真白に本心を口にするのだ。

「しみじみした感じになっちゃうんだけど、本当に懐かしいな……って。昨日も顔を合わせたけど、十数年と会ってなかったから、この感覚がなかなか抜けなくて」

「昨日と違って今日は二人きりですから、なおのこと感じるのかもですね」

「それは確かに」

『二人きり』と言われて急に意識してしまう遊斗だが、自分だけではなかった。

「……な、なんだか急に緊張してきました」

「じょ、冗談ではありますけどね！」

「ええ⁉」

「本当かなあ？」

覗き込むように上半身を動かせば、ぷいっと大胆に体を背けられる。

小学生でもわかってしまうような反応を見せてくれる。

「……そ、それにしても！　遊斗お兄さんはこの周辺のことに詳しいですね？」

「まああそこの大学の二年生だし、バイト先は駅の中だからね」

『方向音痴だから、意外に思うのだろうか？』なんて思いながら答えるも、その予想は外れる遊斗である。

「いろいろな女性とこの周辺を回った結果、詳しくなったり……とかじゃないんですか？」

「ッ！　ごほっこほっ。そんなわけないでしょ⁉」

「でも、行き先から全部リードしてくれたじゃないですか。慣れていないとこんなことはできないと思います」

「真白さんは甘いもの好きって記憶があったからだよ。それは」

遊斗は事実を言っている。あの記憶がなかったら、食べ歩きをするという案は出ていなかった。

「本当に信じられないです……」

「信じて？」

真顔で言い合う二人。

「だって……遊斗お兄さんすごく優しいじゃないですか」

「大学生はみんなこんな感じだと思うけど……」

「とっってもってくらいに気遣ってくれます」

「それは家族だから当然だよ」

「……そ、そういうところを言ってます」

「え？」

当たり前の顔で、さらには即答するところ。

お互いの親が離婚しているため、『家族だった』という過去形や、『元家族』という言い方が正しいが、そうとは言わないところ。

そういうところが真白にとっては『嬉しい』のだ。

「その他にも身長が高いです」

「ま、まあ確かに身長は平均よりも大きい方だけど……」

「足のサイズも大きいですよね」

「うーん。この身長だったら普通くらいだと思うよ？　二十七センチあるかないかだし」

「にっ、二十七センチですか⁉」

「う、うん」

「それは……モテますね」

「いやいや……」

周りの空気が歪んで見えるほど真剣な表情で疑り深そうに聞いてくるが、ここは完全に彼女のコンプレックスに踏み込んでいるからだろう。

足が大きければモテる、なんて話は聞いたことない。

「……もう一つ言うと、手も大きいです」

「あ、確かに手は大きいって言われるかも。物を測る時に便利だから知ってるんだけど、二十センチくらいあるから」

「ににに二十センチですか⁉」

「すごいでしょ？」

男友達からも手の大きさについては触れられたことがある。

遊斗にとって小さな自慢の一つ。

「あ、あの……その……嫌でなければ、ちょっと私と手を重ねてもらってもいいですか？」

「全然大丈夫だよ」

アイスクリームを持っている手とは逆の手のひらを見せれば、すぐに手を合わせてきた。

「へっ⁉　私の手……遊斗お兄さんの第二関節にしか届いてないじゃないですか！」

「そ、そうみたいだね？」

「さ、さすがに測り間違いじゃ……」

むーんと手を広げて大きさを盛ろうとしているが、そんなことをしても限度がある。

彼女の柔らかい手の感触がさらに伝わってくるだけ……。

「こ、こんなに小さいはずが……」

と、一生懸命頑張っているも、十秒後には悟ったのだろう。

最終的には手首の位置をズラして第一関節に合わせてきて——なんとか自身を納得させようとしている。

「ま、真白さん？　その辺で……？」

ただ手を合わせるだけだと思っていた遊斗にとって想定外だったのは、手のひらでにぎにぎするような動きを真白がしたこと。

手を繋ぐようなことに耐性がない分、視線を彷徨わせながら伝えるのだ。

「あっ、す、すみません……！　本当にすみませんっ!!」

手を合わせた状態で目が合った瞬間、パッと手を離してくれる。

「……」

「……」

無言になると共に、急に気まずくもなる。

この責任を感じたのか、大きな静寂を破ったのは真白だった。

「あ、あの……。遊斗お兄さんのおてて、すごく大きかった、です……」

「ッ！　い、今そう言われると本当恥ずかしい……って、うわっ！」

顔を真っ赤にしながら一生懸命に伝えてくる真白。

そんな姿を見て羞恥（しゅうち）に襲われながらフォローを入れた瞬間、遊斗に悲劇が襲う。

ずっと手に持っていたソフトクリームが溶け、コーンから手に垂れてきたのだ。

「あちゃ……。こんなことになるなら真白さんと同じカップを買えばよかったなぁ」

「わ、わわわ私のせいで本当に申し訳ないですっ！　すぐに拭きますのでっ！」

「いやいや気にしな――」

首を横に振り、自身のハンカチを手に取ろうとした時にはもう遅かった。

ソフトクリームのカップを瞬時にベンチの上に置いた真白は、急いでタオルハンカチを取り出し、有無を言わさぬスピードで遊斗の手を両手で包み込むのだ。

真剣な表情と、申し訳なさそうな表情を混合させながら、優しく丁寧に。

そのせいか、先ほど手のひらを合わせたあの感触よりも、より彼女の手の感触が伝わってくる。

「ま、真白さん。もう大丈夫だから……本当にありがとう」

「ぁ……」

そんな彼女が上目遣い(うわめづか)をすれば、目と鼻の先で視線が交わる。

くりくりとした真白の瞳(ひとみ)に、自分が反射していることを確認した瞬間、『ぴゃ』なんて声にならない声をあげて距離が取られる。

「も、もう本当にすみません遊斗さん……」

「こ、こちらこそ……」

ただのお出かけだったのに、なぜかデートのような展開になってしまう。

それはお互いに感じてしまうこと。火照(ほて)った体を冷ますようにソフトクリームを口に運ぶのだ。

それでも手に残るあの感触と体温は、消えることのないものだった。

interlude 幕間

楽しかったお出かけも終わり。

今日、本当は一限しか入れていなかった真白(ましろ)だが、そのことは遊斗(ゆうと)に教えることなく大学まで付き添った後、帰宅していた。

バッグの中からノートパソコンや水筒、教科書を取り出し、明日の講義を受ける準備を終わらせながらすることは一つ。

「今日は自分を甘やかしちゃったなぁ……」

そんな声を漏らしながら、アーロンチェアに座ってイラストを描く機材——液晶タブレットに向かい合う真白がいた。

一年の始まりであれば講義を多めに入れるところだが、仕事のスケジュールを考えた上で時間割を組んでいるのだ。

つまり、一限後はすぐに帰宅してイラストに着手するというのが本来の予定だった。

(こんなことをしたのは初めてかも……)

プロになってからの真白は、プライベートに左右されたことが一度もなかった。

必ずスケジュール通りに進め、絶対に仕事は後回しにしない。

それが普段からの心構え。

しかし、今日はプライベートを優先させてしまった。

仕事が残っているのに遊斗をお出かけに誘い、楽しかったばかりに長い時間を過ごしてしまった。

（もっとプロとしての自覚を持たないと……）

Twitto（ツイット）のフォロワー数を三十万人近く持つ真白には、常日頃からさまざまな仕事の依頼が届く。

その中から仕事を選定し、引き受けるものは引き受け、お断りするものはお断りする。

仕事を選んでいる立場だからこそ、プライベートを優先していては先方に示しがつかないこと。

真面目な真白だから反省することで、身を引き締めながら一人で仕事を進めていく。

——が。

「お出かけ本当に楽しかったな……」

無意識にこんな声が出てしまう。

普段以上に気を引き締めていたものの、先ほどの思い出が集中を阻害してしまう。

（私の大好きなものを覚えてくれていたことも、バッグを持ってくれたことも、なにより今でも私達のことを家族だと思ってくれていて……）

思い返せば思い返すだけ、感情がどんどん昂(たかぶ)っていく。嬉しさから目を細めれば、無意識に手が止まってしまう。

「お仕事を優先しなかったのは本当にダメなことだけど、遊斗お兄さんを誘えてよかったね、私……っ」

今まで計画的に仕事を進めていただけに、まだまだスケジュールには余裕はある。

『にまぁ』と表情を蕩(とろ)けさせる真白なのだが、仕事中にするような顔ではない。

「って、いけないいけない……」

ギリギリのギリギリで自制が勝つ。

首を左右に振って再び集中する……が、それはずっと続くものではない。むしろ早すぎる終わりを迎えることになる。

(美結(みゆ)と心々乃(ここの)には内緒にしなきゃ……)

今日のことを教えたら絶対に羨(うらや)ましがるだろう。もしかしたら頬を引っ張るなどの攻撃を受けてしまうかもしれない。

一緒に講義を受けただけではなく、二人きりでお出かけをしたのだから、独り占めしたのだから。

これぱかりは胸の内に留めておかなければならないこと。

(遊斗さんの手……本当に大きかったなぁ……。あんなに温かかったら、ソフトクリームが溶

けちゃうのも仕方がないよね）

あの時のことを思い出して、つい微笑んでしまう。

「手の大きさが二十センチで……」

自分の手を見ながら目の端に映るのは、仕事で使用する定規。

真白はその定規を手に取り、あの時のことを再現するように自分の手に重ねるのだ。

「本当に大きかった……」

手を繋いだのなら、包み込まれてしまうほどの大きさ。

「も、もう男性(オトナ)なんだもんね……。遊斗お兄さんも……」

『二人きり』だと自分が言った時から、ふとそう思った。

家族であるにもかかわらず、異性として見ていたことに気づいてしまった。

「で、でも別に……うん。でもこれは変なことじゃないよね。だって血は繋がってないんだから……。昔からずっと私たちに優しくしてくれた人で、今も全然変わってないお兄さんなんだから……」

今までずっと会えていなかっただけに、強い想(おも)いになっていることを実感する。

「次は、いつ遊斗お兄さんとお出かけできるかな……」

デスクに置いていたスマホに手を伸ばし、両手で持つ。

別れ際、『またいつでも誘ってね』と言ってもらったが、遠慮をせずに甘えてしまえば必ず迷惑をかけてしまうだろう。

無理矢理にでも時間を作ろうとしてくれるのはわかっているのだから。

「……」

それがわかっているばかりに、次の予定のメールを送ることができない。

(こ、ここは自制しないとだよね……。これからは遊斗さんと関わる時間はたくさんあるはずだから。お仕事もあるんだから。私は子どもじゃないんだから……)

そう噛み締めてスマホをデスクに戻うとした瞬間だった。一つの通知音が鳴った。

美結からか、心々乃からか、友達からか、仕事先からか、すぐに液晶を確認すれば――。

「――っ」

そこには予想もしていなかった人物から、こんなメッセージが入っていた。

『真白さん、今日は本当にありがとう。すごく楽しかった。また真白さんの都合が合えば来週か再来週、同じようにお出かけできたらと!』

送り主は今の今まで考えていた人だった。

「ふふっ、なんでこんなことができちゃうんですか……」

まるでこちらが困っていることを、予めがわかっていたようなタイミング。

普通ならば別れてからすぐに送るようなメールを、時間を置いて送っているのだから……。

「本当に……遊斗お兄さんったら……」

嬉しさでいっぱいになり、足先をもじもじと動かしながら丁寧にメッセージを打っていく。

そうして思いを馳せながら、読み直しをしている時。

ふと、思うことがあった。

「ゆ、『遊斗お兄さん』より、『遊斗さん』って呼んだ方が……女の子として見てもらいやすいのかな……」

周りから少し勘違いをしてもらえるんじゃないかな、と。

美結のInsta(インスタ)の投稿に送られていたコメントを、どこか羨ましく思っていた真白でもあったのだ。

第五章　美結の思い

「う、うう……。ようやく回復してきた……」

お腹を摩りながら苦しそうな顔で、うめき声を漏らす遊斗。

満腹状態と甘いものの食べすぎによる胃もたれ。

たい焼きのあんこ、クレープの生クリーム等々のコンボが大きく効いた遊斗は、気持ち悪さに耐えながら無事に三限の講義を終えていた。

「真白さんへのメール遅れたけど大丈夫だったかな……」

今でも引きずって後悔しているのはこれ。

メールを送る余裕がないくらいに気持ち悪い状態だったこと。講義も始まる時間だったこと。

この二点が影響し、メールを送ることができたのは教授の気まぐれによって作られた5分の休憩時。

言い訳がましくなってしまうが、あくまでも誠実でありたいのだ。

「と、とりあえず不誠実だと思われてなければいいな……。本当に……」

三姉妹の長女、真白と同じくらいに真面目な遊斗は、こんなことを思いながらバイトに行く準備を進めていた。

＊　＊　＊　＊

その同時刻。

「ねえねえ、Insta（インスタ）に投稿してた男の人、美結（みゆ）っちのお兄さんなんでしょ？　ちょっと紹介してくれよい、うりうり！」

「うちにも紹介してくれい、うりうり！」

「は？　二人とも迷惑かけそうだからヤダ」

左右の脇腹（わきばら）を肘でぐりぐりされながら、二人の友達に詰め寄られているのは三姉妹の次女、美結である。

艶（つや）のある金色の髪にシャープな青の瞳（ひとみ）。脚出しコーデを着こなす美結は、無抵抗に攻撃されながらも断固とした態度を貫いていた。

「ええー、そんな硬いこと言わずに言わずに。先っちょだけ先っちょだけ」

「そうだそうだー！　あんなお兄ちゃんがいるとか教えてもらってないぞー！」

わーわーとしつこく言われる美結だが、気分の良いものである。

「案外イケてたっしょ？　あたしのお兄ぃ（にぃ）は」

「いやいや、案外ってレベルじゃなくない？　『紹介して！』とかたくさんコメントきてたでしょ？」

「あれはモテる要素がいろいろ詰まってるよねー」

「にひひっ、まあねえ」

義兄のことを褒められてご機嫌になる。

昨日は寝室でInstaの反応を見て、ニヤニヤしながら眠りについたほどなのだ。

形式上、遊斗は『家族』ではないが、美結にとっては大切な家族の一人であり、たった一人の兄である。

そんな人を褒められるのはなによりも嬉しいこと。

「ちなみにガチで優しいからね。バイトの休憩中なのに勉強を教えてくれたり、めっちゃ気も利かせてくれるし」

「美結っちお兄さんのことめちゃ好きで草」

「好きなのかい⁉　美結ちゃんはお兄ちゃんのことが好きなのかい⁉」

「家族なんだから当たり前じゃん？　別にブラコンってわけじゃないけど」

ニヤニヤとからかわれるが、美結に動揺の色はない。

『そんな人なんだから当然じゃん』という言い訳があることで。

「ぶっちゃけ兄妹なら話は別じゃない？　私は兄貴のこと嫌いだし」

「美結ちゃんのお兄ちゃんが特別なだけだよねー。うちもめちゃくちゃ文句言ってくるし、意地悪だし」

「まあそんなこともあるんだろうけどさ？」

『義兄』と『実兄』である分、前提が違う。

ただ、遊斗が実兄だったとしても関係は今と変わるはずがない。というのが美結の考えること。

血が繋（つな）がっていてもいなくても、関係ないことなのだ。

「ちなみに今日もお兄さんのバイト先にお邪魔するん？　美結っちは」

「そうするつもり〜。今日はいるかわからないけど」

「うわー、いっぱい構ってもらうつもりだ」

「別にいいじゃん」

目の前にいる相手が真白や心々乃（ここの）ではなく、友達だからこそ独占欲を露（あら）わにする美結である。

「それでそれで、お兄さんはどこでバイトしてるわけ？」

「美結ちゃんの友達として仲良くさせてくれよ〜」

「絶対教えないって。完全に狙（ねら）ってるじゃんその顔」

ジト目で言い返す美結は、意地でも関（かか）わらせないように立ち回る。

（てか遊斗兄ぃ、普通にモテてんだけど？　話が全然違うんだけど？）

頭の中で遊斗の顔を思い浮かべ、思いっきり頰（ほお）を抓（つね）る。そんな想像を働かせながら、彼の休憩時間を考えて店に行く計画を立てていた。

二人きりで一緒に過ごせる時間はそこしかないと考えて。

（昨日の今日だけど顔くらいは見たいし……。てか、モテてないって嘘ついたの責めないとだし……）

ふっと笑いながら、会うための口実をどんどん増やしていく美結なのだ。

＊　＊　＊　＊

「あっ！」

時刻は二十時十分。

休憩中の遊斗がスマホを離して椅子から立ち上がったのは、レジの前に設置された防犯カメラに映った一人のお客さんを見て。

店員にも負けないほど愛想よく注文している金髪の女性を見て——ポケットに財布を入れた遊斗は、すぐにスタッフルームから飛び出るのだ。

向かう先はレジカウンター。早足で近づけば、目が合った。

「……お！　にひひっ、はっけ～ん」

「あははっ、ご利用ありがとうございます」

あざとさを全開に小さく舌を見せるのは三姉妹の次女、美結である。

よくしている仕草なのか、目を奪われてしまうほど似合っていた。

実際に彼女の注文を受けつけた同僚は、まばたきを忘れて彼女のことを見つめているほど。

「えっと美結さん、もう注文終わっちゃった？」

「そだよ？　まあ注文するためにレジに行くわけだし」

「そっか……。一足遅かったか……」

「なんか残念そうじゃん。どしたの？」

「ドリンクとケーキを奢る約束があったでしょ？　せっかくのタイミングを逃しちゃったなって……」

「ぷっ、あれ覚えててくれたから急いで出てきてくれたんだ？　……嬉しいことしてくれるじゃん」

目を細める美結は本当に嬉しそうで、優しく肩に触れてくる。

「まあ約束がなくても急いで出てくるんだけどね。美結さんとお話できるのはやっぱり嬉しいから」

「今のはちょっとズルいって」

「ん？」

「なんでもないなんでもない」

片手をパタパタして『独り言』とつけ加える美結は、話を戻すように言った。

「じゃあさ、今日あたしが帰る時にドリンク奢ってくれない？　ケーキはまた今度ってことで」

「わかった。ありがとう」

「え？　なにそのお礼。約束を叶えさせてくれて『ありがとう』って意味？」

「うん」

「いや、そんな笑顔で答えなくてもさ……。あたしが奢ってもらう側なんだから……」

美結がやられっぱなしになるのも無理はない。

高校を卒業したばかりの彼女にとって、遊斗のような性格の異性とはなかなか関われなかったのだから。そんなタイプの相手が、昔お世話になった義兄だったのだから。

美結がタジタジになっていたところ、奥で作ったドリンクを受け取り口に置き、こちらに声をかけてくる同僚がいる。

「ゆ、遊斗さん、そちらお客さんと知り合いなんすか？」

「うん、見ての通りだよ」

「にひひ、この人のカノジョだから、そこんとこよろしく」

「エエッ⁉　遊斗さんこんなに可愛い彼女いたんすか⁉　前に彼女いないって言ってたじゃないっすか‼」

「美結さん……悪い冗談言わないの」

「ごめんごめん」

コミュニケーション能力を最大限に発揮し、堂々とした態度で、かつ本気のトーンで言われたら誰だって誤解してしまうだろう。

「ちゃんと訂正すると、愛人でさ」

「あ、愛人⁉」

「美結さあん？」

「ごめんって。実は許嫁」

「い、いいいい許嫁⁉」

「美結さんってばぁ……」

『その辺で』とのニュアンスは伝わったようだ。

「マジごめんね。いい反応してくれるからつい。ピュアで可愛い店員さんだったから」

「ちなみに僕と同い年だからね？　この店員さん」

「げ……」

この声でわかる。『やらかした』との感情が。

大きな目をパチパチさせる美結はすぐ頭を下げていた。

さすがは大学生。上下関係はしっかりとわかっているようだが、これに目くじらを立てるような同僚でないことを遊斗は知っている。

「いやいや、全然いいっすよ〜！　オレそんなガツガツ踏み込んでくれる人も好みっすから！」

「そう言ってくれるとマジ助かるよ。ありがと」

「ちなみに美結ちゃんはオシャレなレストランとか興味ある？　オレ最近いいとこ見つけたんすよ〜」

「えっ、ガチ？」

興味ありげな声を出す美結は、ニヤリとして言う。

「——ね、遊斗兄ぃ。あたしナンパされそ」

「それ僕も思った」

二人一緒に一オクターブ声を落とす。いや、遊斗に至っては二オクターブだろうか。

「仕事中に、さらに兄のいる前でナンパするのは……ちょっと頂けないなあ」

「ん、え？　あ、兄……？　え？　お、お兄ちゃんさんと、お妹さん……？」

冷や汗をダラダラ流し、あからさまに動揺している同僚。

「ま、そういうことだよね。顔は似てないから誤解もするだろうけど」

「へ、へへ……。今のはほんの冗談ですやん、遊斗の兄貴……」

「絶対に冗談じゃなかったでしょ」

容姿も性格も魅力的な美結なのだ。異性から言い寄られるのは当然のことだろう。

遊斗も遊斗で『ナンパをするな』と言っているわけではない。せめて自分がいないところで、と言っているわけである。

「あ！　この流れでめちゃ申し訳ないんだけど、店員さんに一つ質問してもいい？」

「な、なんすか⁉　なんでもいいっすよ！」

「遊斗兄ぃってさ、このカフェでよく女の人に声かけられてたりする？　バイト先のこと知る機会ってあまりなくってさ」

「ッ」

『なんでそんな質問⁉』との表情を遊斗が見せる一方で、同僚はすぐに口を開く。

「女性の常連さんからは基本そうっすよ。奢られることもしょっちゅうで」

「へえ……」

ジロっと視線を向けてくる美結。

「おい、モテてんじゃん」と、なぜか肘打ちをしてくる。

「これはモテるとは言わないって……」

「めちゃくちゃ言うでしょ。てことで、嘘ついたお詫びに休憩時間はあたしに付き合うこと。いい？」

「逆に付き合っていいの？」

「あのさ、むしろあたしが付き合ってほしいんだけど。てか、そうじゃないと誘わないって」

意外そうな表情と呆れた表情がぶつかる。

お互いの利害が一致しているのにこんなすれ違いが起きてしまうのは、十数年ぶりに会っている影響も大いにあるだろう。

「そ、そっか。嬉しいこと言ってくれるなあ……。じゃあ早く席行こ！　時間も時間だから！」

「そだねそだねー」

話が纏まれば、店員に片手を上げる美結である。

「じゃあ店員さんありがとね。さっきは失礼なこと言って本当ごめんね」

「全然大丈夫っす！」

そうして二人の接客を終わらせた同僚は……ボソリと呟くのだ。

「なんか……距離近くねえ？」と。

体の距離もそう。懐いている感じもそう。雰囲気もそう。

『兄妹』にしてはあまりにも……と思えるように肩を合わせて空席に向かっていく二人を見ての独り言。

――そんな声を漏らされているとは知らず、空いた席に座って早速会話を始める二人である。

「そういえば遊斗兄ぃは飲み物いらないの？　休憩中に構ってもらってるわけだし、ここはあたしが奢るよ？」

「いや、僕は大丈夫だよ。うん」

美結は生クリームとチョコソースがトッピングされた抹茶オレを飲みながら、上目遣い(うわめづか)で聞く。

「ははぁん。それってあれでしょ。店員さんが言ってたみたいに、もう常連さんに奢ってもらってお腹タプタプってやつ」

「……ち、違うよ？」

ニヤニヤしながらストローから口を離す美結に、声を上擦(うわず)らせながら否定する遊斗。

この時、声色が変わらなければ疑われることもなかっただろう。

「じゃあお腹押してみてもいい？」

「……ダメ」

「やっぱりそういうことじゃん」

「ぜ、全然違うよ？」

「じゃあお腹押してもいいよね？」

「ダ、ダメ」

「本気で押すぞ？」

「ごめん」

耐久力を見せた遊斗だったが、それ以上の火力で押し切った美結に完敗する。

タプタプであることを認める結果になる。

「一体どんなことをすればそんなに奢ってもらえるんだか……。妹としては一応誇らしくあるけどさ？　そんなに好かれてるってことだし」

「あはは、それはどうも」

「これ気になったんだけど、今まで常連さんの誰かと一緒に休憩したこととかあるの？」

「さすがにそれはないよ。常連さんと言っても、接客中に雑談をするくらいだから」

「ふーん。じゃあ休憩中にこんなことをするのはあたしが初めてなんだ？」

「それはもちろん。休憩は基本的にスタッフルームで過ごしてるから」

「へー。そっかそっか」

　自分が初めての人間。そう聞いた瞬間、内心ガッツポーズを作る美結である。

「にひひ、じゃあこんな光景を常連さんに見られたら恨まれそうじゃんね？　遊斗兄ぃの奢られる回数が減ったら、あたしが代わりに奢ってあげる」

「いやいや、特に影響はないよ。『お仕事をいつも頑張ってるから』ってことでドリンクをいただいてるから」

「ん？　それガチの理由だと思ってるわけ？」

「そ、そうだけど……違うの？　美結さんが『この席使う？』って最初に声をかけてくれたのも、頑張ってたからって気持ちがあったからじゃ？」

『僕がこう言うのは本当烏滸（おこ）がましい話なんだけど……』と付け加えれば、美結はパチパチと大きなまばたきをして口角をピクつかせる。

「あのさ……それいつか刺されても知らないかんね？」

「えっ⁉」

「まあ冗談だけどさ」

「ならよかったよ。はは」

この反応を見て完全に理解した。

遊斗本人が『モテない』と言っていた理由を。

ただ遠回しのアピールに気づいていないだけだと。言われた言葉を鵜呑(うの)みにしているだけなのだと。

正直なところ三姉妹全員で不思議に思っていたことなのだ。

『なんでモテないの？』と。

その謎(なぞ)がようやく解明された瞬間だった。

「えっと美結さん、ここで少し話を変えるんだけど……今日は勉強しなくて大丈夫？　今なら教えられるかなって」

「ありがと。そうした方がいいのはわかってるんだけど、やっぱりもったいないんだよね」

「もったいない？」

「そ。あの時は遊斗兄ぃだって知らなかったからアレだけど、今は違うからこうして会話する時間に当てたいっていうか」

「あー。そう言ってくれると兄冥利(みょうり)？　に尽きるよ」

「でしょー」

遊斗が笑顔を浮かべれば、尖(とが)った八重歯が見える。

昔にはなかったもので、似合っているだけにジーッと見てしまう美結である。

「まあ一応言っておくと、自習室で勉強してきたからさ。なおのことこう言えるってわけ」

「……美結さんは本当すごいよね。自分に厳しくて」

「そ、そういきなり褒めなくても。あたしの立場なら当たり前なんだから」

心に刺さる言葉を、感情を込めて当たり前に言ってくる。

そんなことをしてくるから義兄には敵(かな)わないのだ。

「ぶっちゃけるけど、あたしの学力であの大学に合格できたのはマジで奇跡なんだよね」

「とてもそうは思えないけどなぁ」

「いやいや本当だって。入試受けてる時のあたしの顔、マジでひやひやだったもん。滑り止めを受けてたあたしと違って、真白姉(ね)ぇと心々乃は一本勝負で受験してるし」

「え⁉　それはすごいね……」

それはつまり、受かる自信しかなかったということ。

「マジであの二人はバケモノなんだよね。三姉妹なんだから、あたしも同じくらい賢くてもよくない？　って何度も思ったことあるし」

「でもさ、美結さんも美結さんですごいよ。むしろ僕は美結さんが一番すごいって思ってるよ」

「は、はあ？」

遊斗だってあの二人のように学力に長けているわけではない。睡眠時間を削って死ぬ気で勉強してこの大学に入学した一人である。

「本当、なに言ってるんだか……。あたしが一番平凡なのにさ」

「確かに一面だけを見ればそんな言い方はできるけど、二人との学力差を感じても腐らずに、人一倍の努力をして、今の大学に合格したんだから」

「……」

「もっと言えば大学に入ってもその気持ちを緩めずに頑張ってるでしょ？　それは本当にすごいとしか言えないよ」

「そ、そかなぁ？」

「お世辞なんて言わないって」

ニヤニヤを抑えるのに精一杯の美結。

どうしてこんなにも心が温かくなるのか……。

それは本心から口にしていることがヒシヒシと伝わってくるからだろう。

「じ、じゃあ素直に受け取っとく……。嬉しくはあるし」

美結は褒められるために勉強をしているわけではない。

大学の授業についていくために自習をしているわけだが、こうして頑張りを認めてもらえる言葉には弱いのだ。

(こういうところだろうね、モテるところって。常連さんもこんなこと言われてるからおごるんだろうな。本人は自覚ないんだろうけどさ)

遊斗と接すれば接するほど気づかされる。

「……でもさ、遊斗兄ぃ」

「うん?」

「言葉選びがキザすぎ」

「なっ⁉」

頬杖をつく美結はこっそりと靴を脱ぎ、ちょんちょんと足を当てるのだ。

「キ、キザじゃなくない? 素直に思ったことを言っただけで……」

「普通にキザだから」

遊斗の脚にぐりぐりと攻撃してわからせていく。

「そうやって嬉しくさせる言い方、心々乃にはあまりしないでよ? コロっといっちゃうからさ」

「そもそもこういう風な会話にならないような……」

「どうだかねえ。遊斗兄ぃだからねえ」

無意識にやりそうだからこそ、足攻撃をやめない。

後ほど、美結はこの予感が正しかったことを知ることとなる。

「あ、そうだそうだ！　美結さんって今日は二十一時までここにいれたりする？」

「どして？」

「実は今日早上がりできることになってて、二十一時にバイトを終われるから、一緒に帰れたらなって」

「ねえ、それ先言ってよ」

「あはは。って、足攻撃もうやめない？」

「ヤダ」

美結はずっと伺(うかが)っていたのだ。『一緒に帰れる？』と誘うタイミングを。

それがこの結果。最初から言ってくれていたら、構える必要もなかったのだ。

もっと会話を楽しむことができたのだ。

今の気持ちをぶつけるように、遊斗の脚を両足で捕まえる美結だった。

そんな美結が待ち遠しく思っていた遊斗のバイトが終わり。

「ねえねえ、このまますぐ電車乗るのは味気ないし、ちょっとだけぶらっと歩かない？　この時間だと電車少し混雑してるから、コレを持って乗るわけにはいかないだろうし」

「確かに。その配慮は必要だね」

カフェを出た二人が手に持つのは、タリィズで買った温かいココア。

ペットボトルのように完全な密閉ができるような仕様ではないため、納得の言い分である。

「……おっ、よかった」

「ん？『よかった』ってなにかいいことでもあったの？」

そうして遊斗がこの声を上げたのは、ぶらぶらするために駅の外に出てからのこと。

「うん、今日はあまり冷え込んでないから」

「そんなに寒いの苦手なんだ？」

「う、うん。まあね」

美結はすぐに察する。今の反応から、的を射たことを言えていないことに。

遊斗が言った『冷え込んでない』というワード、遊斗の性格から推しはかれば……その意味を理解するのは早かった。

「ふーん。そっちかあ。ありがと……。やっと意味がわかったよ。あたしが足出しコーデしてるからね？」

「それもあるかも」

「100パーセントでそれなくせに」

体を冷やさせないか、それを第一に考えてくれていた。

「……本当、マジで初めて会うタイプだよ。遊斗兄ぃは」

「どういうこと？」

「こう言えばあたしの好感度を上げられるよねー、的な下心が見えないみたいな」

「それは身内だからじゃないかな？」

「その言い分はわかるけど、あたし達って血が繋がってるわけじゃないから、付き合っても結婚してもなんの問題もないわけじゃん？」

「う、うん」

「だから……さ？　あたしなら下心が出ちゃっても不思議じゃないかもってね？　遊斗兄ぃって優良物件なのに、まだ誰も手をつけてないわけだし」

「ッ⁉」

一瞬で艶めかしく声色を変える美結は、頬を突いてくる。

今、ココアを飲んでいたら咳き込んでいただろう。

動揺しながら隣を見れば、彼女はニンマリと笑っていた。冗談だと気づく表情である。

「も、もー。年上をからかわないの」

「ちょっと本気にしたでしょ？」

「……黙秘します」

「ひひ、そんな感じだから遊斗兄ぃ落とせそうなんだよねえ」

『ふー』と息を吐きながら両手でココアを飲み、からかうような笑みを浮かべる美結。

「遊斗兄ぃにこれだけは言いたいんだけど、悪い女には騙されないようにね？　あの大学って就職に有利だから、お金目当てで近づいてくる女もいるだろうし。……だから合コンとかも極力参加しない方がいいよ」

「なんだか年下さんにこう心配されるのは情けないなぁ……」

「まあまあ。昔と変わってないってことで。優しい分騙されやすそうっていうか」

ぽんぽんと腕に触れてくる美結は本音で伝えているかのよう。

「ただ身長がそんなに高くなってたのは、ちょっと思う部分があるけど」

「な、なんで⁉」

「会うまではあたしの方が大きいんじゃね？　って期待してたのに、結果十センチ以上も差があったわけで」

「あはは、なるほどね」

「いやあ、マジで大人になったねえ、遊斗兄ぃは。隣いてマジで安心感すごい」

「美結さんこそ大人になって」

「可愛くなったでしょ？」

「美人さんになってる」

「そ、そこは言い換えなくていいって……」

それも即答で。

本音をポロッと出したようなやり方には、思わず照れ臭くなってしまう。

「じゃあ遊斗兄ぃは結構カッコよくなった」

「ありがと」

「いや……照れろし」

「この流れだからお世辞なのはわかるっていうか」

「流れが邪魔してるだけで結構ガチなんだけど？」

「本当？」

「……も、もういい」

何度も言わされる流れだったことを察し、すぐに退散を選ぶ。

同じく照れさせようとした結果、ただ割りを食らってしまった美結は、ぐびぐびとココアを飲み——ふっと目元を緩めるのだ。

このやり取りも、二人きりだからこそできるものだとの特別感を感じて……。

＊　＊　＊　＊

「ひー。やっぱりほぼ満員電車だよねえ。遊斗兄ぃ、ここで別れても大丈夫だよ?」

「ううん、一緒に帰ろうって誘ったのは僕だから。それに満員電車だといろいろと心配だし」

「お兄ぃらしいこと言ってくれるじゃん」

そんな会話を交わすのは、電車がホームにたどり着いた時。

電車から降りる客と乗る客はほぼ同じ。

人酔いしそうな密度だが、朝の通勤ラッシュと比べたらまだマシなレベルだろう。

「美結さん、こっちに」

「う、うん」

遊斗が先に乗り込み、場所を確保して背を預けられる位置を譲ってくれる。

(こういうこと自然にしてくるんだよね、遊斗兄ぃって……)

この人口密度で壁際に立てるのは本当に楽なこと。また、その正面に信頼できる人が壁になってくれているのはなおのこと安心もできる。

「……美結さん、本当ごめんね」

「平気平気……」

後ろから人がどんどんと乗ってくる。その度に目の前にいる遊斗と体が触れ合ってしまう。

(あちゃ、普通に胸当たってるし……。これ遊斗兄ぃに背中向けて立つべきだったじゃん……)

遊斗が意識しないように努めてくれているのは十分伝わっている。だが、こちらは言っておきたかった。これを言うだけで楽になるのだから。

「……あ、あのさ？　遊斗兄ぃ。心臓のアレ伝わってたらマジごめ」

「大丈夫だよ。大丈夫……」

今までに彼氏の一人でも作っていたら、こんなにも緊張することはなかっただろう。

（って、こんなことを考えても後の祭りだけどさ……）

苦笑するような独り言を心の中で漏らせば、ドアがゆっくり閉まり、電車が動き出そうとする。

振動に備えて手すりを握る遊斗。美結も同じ手すりを握ろうとしたが——掴む瞬間、考えを変えることにした。

「み、美結さん……？」

「ま、まあどうせだしね……？」

遊斗の腕を掴み、手すりの代わりにする。

「それにこれが一番守ってくれそう的な」

「ぶ、文明の力を信じよっか……」

「やっと照れてくれたよ。遊斗兄ぃ」

弱ったその姿を見て、やっと心に余裕が出てくる。

　しかしながら、目的の駅に着くまで美結の心拍数は誰よりも早いもの。

　そんな状況下で電車に乗ること十五分。

「み、美結さん？　一体これはいつまで……」

「にひひ、あたしの気が済むまで」

「気が済むまで⁉」

（もう慣れたし、緊張も取れたしねぇ）

　最寄り駅の桂坂駅を出てすぐのこと。

　投げられた疑問に答える美結は、遊斗の腕をぎゅっと掴みながら足を進めていた。

「──っていうのは冗談で、あたし目が悪いから、今足元がおぼつかない状態なんだよね？　それこそ遊斗兄ぃの顔がボヤけて見えてるくらいで」

「えっ、そうだったの⁉」

「コンタクトつけてたんだけど、なんかいつの間にか両方取れちゃってた」

「それは不運だなあ……。次からは予備も持ってくるようにしないとダメだよ？　夜道で目が見えないのはいろいろと危ないいんだから」

「うんうん」

「じゃあゆっくり歩くね。腕も掴んだままで大丈夫だから」

「ありがと」

なんてお礼を言って笑顔を浮かべた美結だったが、ふっと顔を背けて眉をピクピク動かしていた。

（な、なんか……いや、嘘でしょ……？）

絶対にバレる嘘をついたつもりだった。

『そんなこと言ってー』なんてツッコミ待ちだった。

それが予想外の方向に転がってしまう。

目を丸く、口を長方形にしながらチラッと視線を送れば、真剣な顔で足元を確認している遊斗がいる。

段差をいち早く見つけるようにしている遊斗がいた。

（も、もうあたしが躓かないように動いてくれてるし……）

「……」

この真剣な顔には見覚えがある。ついさっき、満員電車に乗った時のこと。

人の波に流されないように、潰れないように自分を守ってくれた時と変わらないもの。

（はあ……。本当、これだから……）

騙すつもりはこれっぽっちもなかっただけに罪悪感でいっぱいになるが、少し不満な気持ちもあった。

（『悪い女に騙されないようにね』って注意したばっかりなのに……）

客観的に見れば、今の美結は『悪い女』である。

そんな悪い女に簡単に騙されているのが、簡単に腕を掴まらせながら真剣に安全確認を行っている遊斗である。

（義妹だからいろいろ緩んでいる……わけないしねぇ……）

全員に対して同じことをsあせるに決まっている。

（こんなんじゃ簡単に家まで連れ込めそうじゃん……。チョロすぎて）

合コンに参加して、酔ったふりをして、周りの参加者に協力してもらうように手を回してもらって。

これだけで簡単に自宅まで引き込めてしまうだろう。

そのまま流されてしまえば、相手にとってはしてやったりの展開だろう。

（マジでそうならないといいけど……）

ここまで心配するのは、遊斗に彼女を作ってほしくないから。狙われた場合には上手に避けてほしいから。

もし遊斗が彼女を作ってしまえば、距離を取らなければいけなくなる。関わる時間だって減ってしまう。

一緒に帰るなんて行為もできなくなってしまう。

今まで会えなかった分、これからはたくさん構ってほしいという気持ちが出てくるのは当然のことなのだ。

「……ね、遊斗兄ぃ。ちょっと前にも言ったけど、本当に悪い女には騙されないようにね？」

「あはは、そんなところは敏感だったりするから安心して」

「ふーん」

（もう騙されてるんだって。あたしに……）

こんなに説得力のない言葉はないだろう。笑ってる場合でもない。

「だから安心して大丈夫」

「……」

（いや、もう騙されてるから安心できないんだって）

本人はそんなことをツッコまれているとも知らず、『ここ小さな段差があるからね』なんて注意を呼びかけてくる。

（まったく。どうしてあたしのお兄ぃにはこんなに隙があるんだか……。そりゃ悪いってことはないけど……）

どうしてもモヤモヤする。

隙がなかったら、こんなことを思うことはないのだから。

（体とか成長してるんだから、そんなところも成長してくれっての……）

段差で少し足を取られるふりをして、遊斗の太い腕にぎゅっとする。

電車に乗った時から同じ。これをするだけでなぜか落ち着いてしまうのだ。

（まあ小さい頃はよく腕を摑んで離さないってしてたし……あたしの初恋の人だし、その名残があるんだろうけど……）

修学旅行の時にした恋バナだって、友達に教えたのは隣にいる人のこと。

そんな人でもあるから、美結はもっと〝悪い女〟になってしまったのかもしれない。

「……あのさ、遊斗兄ぃ。一つだけ謝らないといけないことがあるんだけど」

「な、なに？」

「今、北に向かって歩いてるじゃん？」

「そうだね」

「あたしの家、実は南側なんだよね」

「ほう……。って、南⁉　じゃあどんどん遠ざかってるってこと⁉」

「もう少しだけ遊斗兄ぃと一緒にいたくって……」

悪いことをしたのはわかっている。

ちゃんと謝ろうとしたが、恥ずかしすぎて笑ってしまう。

『ふざけてる』なんて思われても不思議じゃないところでこんな表情になってしまうが、遊斗はちゃんとわかってくれていた。

「はは、じゃあそうだなぁ。もう少しだけこのまま歩こっか。足元には僕がちゃんと注意する

よ」

　恥ずかしさが移っているのか、少し顔を背けながらこう言ってくれたのだ。

「……いいの？」

「嫌だったら嫌って言うから……そういうこと」

「そ、そだよね。あ、ありがとね……マジで」

「こちらこそ」

　別に言わなくてもいいことなのに、暗に伝えてくれる。こんな人だからズルいのだ。

（とりあえず今日のことは真白姉ぇと心々乃には秘密にしとこ……）

　義兄に迷惑をかけたことで怒られてしまう。そんな理由もある。

　だが、一番の理由はもっと別のところにある美結だった。

＊　＊　＊　＊

　言わずもがなで、遊斗にたくさん甘えて自宅まで送ってもらったその後。

「うーい、ただいま〜」

　美結が帰宅の声を上げれば、仕事部屋から二人の『おかえり』が聞こえてきた。

　いつもはリビングにいる姉妹だが、もう夜も遅い時間。家事が終わった時間なのだ。

美結は仕事部屋のドアを開け、二人が作業に取り組んでいる姿を目に入れる。

「お、ちゃんとやってんね。二人とも順調？」

「うんっ！　順調だよ」

「わたしも……」

「そっかそっか。それはよかった。って、順調にしては真白姉ぇの進捗遅くない？　今日一限だけじゃなかった？」

「っ！　えっと、それはなんて言いますか……」

もう何年も一緒に仕事をしている間柄なのだ。各自の作業ペースを知っているからこそ気づくことで、言い淀む真白にすぐ突っ込むのは心々乃である。

「……遊斗お兄ちゃんと抜け駆けしてたから」

「いやいやそれはないでしょ。真白姉ぇが仕事優先しないとか」

「嘘じゃない。真白お姉ちゃんが彼氏と遊んでたって友達から教えてもらって、ファミレスの集合写真を見せたら、その男の人って言ってた。……自白もした」

「……は、はい。ご飯を一緒に食べました……」

美結は知らない。ソファーの上で正座した真白が、心々乃から問い詰められていたその現場を。

「マジで？　それガチの抜け駆けじゃん。お昼ならあたし達を誘ってくれてもよくない？」

「わたしも同じこと言った」

「ごめんなさい……」

縮こまって謝る真白である。

「美結お姉ちゃん、もっと怒って」

「……え？　いやあ、まあこれ以上怒るのは……可哀想じゃない？　悪気があってのことじゃないだろうし」

抜け駆けされた状況を知りながらも、最後にはフォローに入る美結。

大人すぎる対応だと言えるが、次女の性格からしてそれはありえないこと。その理由をすぐに察する心々乃である。

「美結お姉ちゃん。もしかして今まで遊斗お兄ちゃんと一緒にいた？」

「い、いやあ？　そんなことないって。さすがに！　さすがにさ」

「……」

「……」

落ち着きなく、挙動不審になりながらの返事を聞いた瞬間、ペンを止めてジト目になる心々乃と真白がいた。

誤魔化していることに確信を持ったのだ。

長女からすれば『同じく抜け駆けしたのに責めてきた』となり、三女からすれば『美結お姉ちゃんも抜け駆けしたの』となる。

「帰ってくるの遅かった理由、やっとわかった……。心配してたのに……」

「こんな時間まで遊斗さんに迷惑をかけて……」

「い、言っとくけど無理強いしたわけじゃないから！　そんな流れになっただけだから！」

強調して懸命に伝えるが、これまたお見通しの二人である。

「……美結お姉ちゃんのことだから、たくさん甘えたに決まってる……。どの道」

「甘えるよね、絶対」

「真白姉ぇのは体験談でしょ」

「そ、そんなことはないもん！」

図星を突かれ、カウンターを繰り出すことでなんとか話題を逸らそうとする美結と、必死に否定する真白。

お互いがダメージを負う中、心々乃だけは『むうう……』となっていた。

「二人ともズルい……。わたしはまだ遊斗お兄ちゃんに会えてないのに……」

「それはマジでごめん！　別に心々乃だけを仲間外れにしようとかしてないからさ！　まさか真白姉ぇまで会ってるとか知らなかったし！」

「つ、次に会う機会があったら心々乃もちゃんと誘うからねっ！」

「あ、あたしもその機会があったら誘うから！」

珍しく慌てる二人。

メラメラとした嫉妬（しっと）と、膨れ上がるモヤモヤ。

そんな心々乃の気持ちが大いに伝わったからこその宥（なだ）めなのだ。

「……約束して。わたしも遊斗お兄ちゃんと会いたいから……」

本音を漏らす三女。

こっそりと抜け駆けした二人だからこそ、その分は独り占めしたいと強く思う心々乃だった。

第六章　心々乃の思い

それから二日後のこと。

一限目の休み時間。心々乃（ここの）は今日も一人、大学内に設置されたコンビニの中にいた。

無表情のままポツンと佇（たたず）む場所は、お菓子コーナー。

大好きないちごミルクの飴が売られている商品の正面に立ち、繰り返し思い出していた。

（ここで初めて……会った）

最後の一袋の飴を購入しようと手を伸ばした時、同じタイミングで手を伸ばした男の人――優しい義兄のことを。

「……」

そしてこの時、落ち着かない気持ちでもいた。

真白（ましろ）と美結（みゆ）の二人は、自分よりも多く義兄と顔を合わせている。二人きりの時間を義兄と過ごしていることで。

自分一人だけが置いてけぼりにされている状況で。

（わたしも遊斗（ゆうと）お兄ちゃんに会いたいけど、難しい……）

二日前からずっと考えているが、なにも進展していないのだ。

遊斗のバイト先であるカフェにお邪魔するというのは、心々乃にとって敷居が高いこと。かといってメールで誘うというのも難しい。

自分にとって現実的なのは真白か美結に協力を仰いで会うことである。

(でも……)

それでは自分だけが二人きりで会えていないという状況に変化はない。だから、一番嬉しいことではない。

「……」

遊斗と十数年ぶりに出会ったこの場所で、モヤモヤを膨らませていたその矢先だった。

(なっ……)

──横から手が伸び、いちごミルクの飴が一袋取られてしまう。さらには有無を言わさぬスピードでもう一袋取られ、完売になってしまった。

たった一瞬の出来事。

ショックな出来事を目の当たりにして石のように固まる心々乃。

ぼーっとして手に取っていなかったが、今日は元々購入するつもりだったのだ。……こればかりは手に取っていなかった自分のせいである。

「……」

なにも文句は言えない。そもそも文句が言えるような性格でもない。しかし、こんな現実はなかなか受け入れられるものでもない。

カラクリ人形のようにゆっくりゆっくりと手が伸びてきた方向に首を向け、せめて相手の顔を確認すれば――。

「先日ぶり、心々乃さん」

「っ‼」

そこには予想もしていなかった人物がニッコリと立っていた。

息が止まるほどの人物が当たり前の顔をして立っていた。

「あっ、これは全部独り占めしようとしたわけじゃないからね⁉　一緒にお会計しちゃった方がって思って！」

「心々乃さんもお買い物？」

「う、うん……。お昼は混むのわかったから、今のうちに」

「もしかしてコンビニで昼食を済ますつもりなの？」

「そう……だよ？」

不思議そうに聞かれるも、逆に不思議に思って返す。心々乃は毎日この生活をしているのだ。

「真白さんとか美結さんと一緒に学食で食べたりは？」

「全員学部が違くて、時間割りもバラバラだから、各自になってる」

「あー。なるほど」

「……」

「……」

一つの会話が終われば無言になってしまう。

会いたいと思っていたが、たくさん話したいと思っていたが、いきなりの登場に心の準備がまだ整えられていないのだ。

（なにか、話題を……）

必死に頭を回転させて、気まずくならないように立ち回ろうとすれば、それよりも先にリードしてくれる人がいる。

「ってことは、まだ学食で昼食を食べたことはない？」

「……う、うん。まだない」

学食に興味はあるが、これもまた敷居が高い場所。首を左右に振って正直に答えれば驚きの言葉が返ってくる。

「それじゃあさ、今日は僕と一緒に行く……？　学食は安いし美味しいから、利用して損はないと思うよ」

「っ！　い、いいの……？」

「もちろんもちろん！　ってことでお昼は学食にしよっか」

「よーし！　実は今日、一人でご飯食べる予定だったから助かるよ」

そんな声と共に笑顔を作ってポケットからスマホを取り出した遊斗は、文字を打つような素振りを見せた後、再びポケットに戻した。

自然な流れでなにも違和感はなかったが、まるで先に入っていた予定を取り消すように……。

「遊斗お兄ちゃん……。本当に一人で食べる予定、だった？」

「そうだよ。あ、スマホを見たのは通知が来ててね」

嘘をついている様子はなにも見られない。

ただ、優しい人だからなんとなくわかるのだ。会話中にスマホを見るような遊斗ではないと。

予定の変更をできるだけ早く伝えることで、迷惑をかけないようにしているのではないかと。

「……」

ジーッと凝視すれば、少しずつ焦りを露わにするように肩がソワソワと動き出す。

この反応で察するものがあるのは当然のこと。

「遊斗お兄ちゃん、ありがとう……」

「お礼を言われることはなにもしてないよ。本当に」

（嘘つき……）

というのは心の内に仕舞っておく。優しい言葉に甘えることにする。

「っと、そうだ！　学食ってことだから真白さんと美結さんも誘ってみる？」

「……ダ、ダメ」

「ダメなの⁉」

「え、えっと、その……今日は二人とも用事あるって言ってた」

「あらら、それはタイミングが悪いね。じゃあ変わらず二人で行こっか」

「ん、二人で行く……」

この時、大きな嘘をついたことでいろいろな罪悪感が心々乃を襲っていた。

でも――。

（真白お姉ちゃんも、美結お姉ちゃんも、遊斗お兄ちゃんを独り占めしてたから……）

そんな事実を知っているからこそ、独占欲を溢れさせてしまう心々乃である。

また、『仕方がない』という気持ちも膨らませるのだ。

＊　＊　＊　＊

一、二限の講義が終わり、待ちに待った昼休みを迎える。

「ゆ、遊斗お兄ちゃん……。待った？」

「ううん、全然。ついさっき来たところだから」

そんな会話を行う場所は、本棟の玄関口。待ち合わせ場所に指定したところである。

「よし！　じゃあ早速行こっか。もう人は多いだろうけど、まだ空きはあると思うから」

「空きがなかった時、どうする？」

「いちごミルクの飴で誤魔化(ごまか)す」

「……やだ」

「はは、僕も嫌だ」

軽口を言いながら、肩を並べて学食に向かっていく。

いつも真白の歩幅に合わせている癖(くせ)が出ているのだろうか、歩くペースがこれまたゆっくりな心々乃。

美結もまた同じようなペースで歩いていた記憶がある遊斗である。

「……遊斗お兄ちゃんは、いつも学食でお昼食べてるの？」

「基本は学食で、一人の時とか席に座れない時はコンビニかファミレスで食べることが多いかな」

「……友達と食べる？」

「割合で言うと半々かな。サークルに入ってるわけじゃないから、友達は多くなくって」

「……わたし、ほとんど一人」

「それは仕方ないよ。まだ一年生の最初だもん」

「うん。だから、わたし……ほとんど一人」

「ん?」

含みがあるように同じ言葉を繰り返す心々乃。

隣を見れば、なにかを期待するように上目遣いでこちらを見る彼女がいる。

「……わたし、ほとんど一人」

さらに繰り返し、袖を握ってクイクイと引っ張ってくる。

『もしかして……』と感じていた遊斗だが、強調するように伝えてくれたおかげで、『迷惑になるかも』なんて考えを捨てて言うことができた。

「それじゃあ、僕が一人の時は心々乃さんを誘ってもいい?」

「いい」

「ははっ、どうもありがと」

──即答だった。

表情は変わっていないが、尻尾があればぶんぶんと振って、目が輝かせているような気がする。

「もし予定が入ってたら遠慮なく断ってくれていいからね。『断られたからもう誘わない』みたいなことはしないから」

「その時はごめんなさい」

「いやいや」

十数年ぶりに会った状況であるため、『遠慮しない』というのは難しいだろうが、一言言っておくだけでも違うだろう。

また心々乃は新一年生である。

周りのことを優先して輪を広げてもらう方が、遊斗にとっては嬉しいこと。

そんなことを考えているうちに学食に着く。

「……うわ」

中に入った途端、心々乃から聞こえてくる驚きの声。

「人が多いよね。でもこのくらいなら大丈夫だよ。まだ空いてる方だから」

「これでもまだ空いてる方……」

「券売機はこっちとあっちの二つにあるけど、どっちも同じメニューになってるから大丈夫だよ」

「買った券は、あそこにいる人に渡せばいい？」

「そうそう」

初めて学食を利用する心々乃だけあって、キョロキョロとどこか落ち着かない様子を見せている。

まるで一年前の自分を見ているようで、懐かしい気持ちに包まれながら、順番を待つこと数分。

ようやく自分達の番が来た。

「僕は生姜焼き定食にするけど、心々乃さんはどうする？」

「……わたしはわかめうどんにする」

「いいね」

ファミレスの時もパスタを選んでいた心々乃。きっと麺類が好きなのだろう。

「サラダとか揚げ物はいらない？　ここのサイドメニューも美味しいよ」

「ポテトサラダ気になる……けど……」

券売機からチラッと視線を外した心々乃は、トレーに乗った昼食を運ぶ学生に目を向ける。

その視界に映っているのは、こんもりと盛られたポテトサラダ。

あまり表情が変わらない三女だが、少しずつ彼女のことがわかってくる。

「もしよかったら一緒に食べる？」

「食べてくれるの……？」

「実は僕もポテトサラダ気になってて。だから注文してほしいな」

「嬉しい……。お金はわたし出すね」

「ここは兄の出番だから。はいお財布は戻して」

「……」

遊斗も財布を取り出し、戻すようにお願いするが——その通りにはいかなかった。

チャックを開ける音を聞くことになるのだ。

「こ、心々乃さん？　お財布を戻そっか。まずチャックを閉めて」

「遊斗お兄ちゃん、上見て」

「え？　上？」

人差し指を立てながらの唐突な指示。半ば反射的に首を上げた瞬間だった。

遊斗は券売機にお札が吸い込まれる音を耳に入れてしまう。

ハッと券売機を見れば、『10000』の電子表示が浮かび上がっている。

『一銭も出させない』そんな思いがこもった額で、ぽちぽちと券を買っていく心々乃がいる。

「あ、あぁ……。待って待って！」

「やだ。遊斗お兄ちゃんが嘘ついたから」

「……嘘？」

「定食を頼んだ人、小皿でついてた。ポテトサラダ」

「え？　そうなの？　いやぁ、それは知らなかったな……」

「知らないはずない。学食何回も利用してるって言ってた」

全て（すべ）の食券を買い終え、残金を財布に入れていく心々乃は、目を伏せながら小声で言うのだ。

「そんなに優しくされると、困る……」

「ッ」

「あと、これ遊斗お兄ちゃんの……。はい」

「あ、ありがとうね」

「ん……。じゃあ渡しに行こ……」

「う、うん」

遊斗の袖を自然に掴む心々乃は、小さな力で引っ張ってカウンターに向かうのだ。

『そんなに優しくされると困る』という言葉と、その表情が、繰り返し頭の中に浮かび上がっている今、気恥ずかしさに襲われるばかり。


この気持ちを悟られないように、会話を続けて、十分前後過ぎただろうか。

注文した料理をトレーに乗せて空いた席に座れば、早速のツッコミを心々乃から入れられることになる。

「やっぱりポテトサラダついてた」

「いやぁ、心々乃さんが追加で頼んでくれたおかげでたくさん食べられるよ」

苦し紛れの返しになってしまうのは避けようがないだろう。

これ以上の追及を受けないように、『いただきます』と手を合わせれば、続くように心々乃も手を合わせた。

「もう今さらではあるんだけど、奢ってもらって本当に大丈夫だったの？　今からでもお金を……」

「平気。お金には少し余裕があるから」

「それならいいんだけど……。心々乃さんもバイトしてるんだっけ？」

「……」

「え？」

今思えば、この手に関することは全然聞いていなかった。興味本位で質問すれば、返ってきたのはまさかの無言。

こればかりは予想していなかった展開。

『聞いてはいけないことだったのかもしれない……』と、大きな不安に襲われていたその時。

「……お仕事してるから、お金は大丈夫なの」

「え！」

ボソリと答えてくれる心々乃がいた。

『どんなお仕事をしてるの？』と、話を膨らませようとすれば——。

「おうどん美味しい……」

追及を防ぐように、あからさまに話題を逸らされる。

ちゅるちゅるとうどんを口に入れながら、どこか落ち着きのない様子を見せている。

「もしかして、あまり聞かれたくない？」

「うん……」

「あっ！　それはごめんね⁉　もう聞かないようにするから」

「ありがとう……」

隠されれば隠されるだけ気になってしまう。

本心を言えば知りたくて仕方がないが、言いたくないことを無理やり言わせるのは間違っている。

ホッとした姿を微笑ましく思いながら、先ほど振ってくれた話題に繋げる。

「初めて利用したと思うんだけど、学食も結構いいでしょ？」

「ん、すごく美味しい……。今日は来てよかった」

「そう言ってくれると誘った甲斐があるよ。また一緒に来ようね」

「約束……だよ？」

「もちろん」

長女の真白や次女の美結とは違って、口数が少なく物静かな心々乃だが、そんな三女の個性もまた受け止めている遊斗である。

二人と同じように楽しい思い出ができている。

「遊斗お兄ちゃん、わたし少し驚いたことある……」

「それは？」

「一人で学食に来てる人が多い。高校の時と全然違う」

「あー、確かにそれはあるね」

高校生というのは特に多感な時期である。

気にする必要のないことだが、一人で過ごしているだけで周りの目が気になってしまうこともある。

「大学生になると一人行動も多くなるから、それが大きく影響してるんじゃないかな。あとは年齢もバラバラだったり」

「……高校と比べたら、一人で過ごしやすそう」

「じゃあ一人でも学食を利用できそうだね」

「それは……難しい」

「あははっ、そうなんだ」

とんでもない真顔で言いのける心々乃に思わずツッコミを入れてしまう。

「やっぱり周りの目を気にしちゃう？」

「あとは少し心細い……。真白お姉ちゃんと、美結お姉ちゃんには内緒……だよ？」

「了解」

高校生の時はずっと三人でいたことも影響しているのだろうか、『しー』と伸ばした人差し指を口に近づける心々乃。

面白いのは表情がなにも変わっていないこと。

無表情だが、恥ずかしいからという理由であることはひしひしと伝わってくる。

そんな思いが伝わったからこそ、遊斗はこんなことを聞くのだ。

「ちなみにだけど、今日は心々乃さん何限まで講義入ってる？」

「今日は四限まで」

「今日は真白さんと美結さんと一緒に帰るの？」

「ううん、真白お姉ちゃんは一と三と五で、美結お姉ちゃんは二限までだから、もう帰ってると思う」

「じゃあ心々乃さんは一人で帰る予定なんだ？」

『コク』と、頷いた。

「もしよかったら……今日僕と一緒に帰る？」

「え……」

「僕は三限までだけど、その後はわからないところを聞きにいく予定だったし、今日はバイトもお休みだから」

「い、いいの？　そんなこと言われたら、甘える……ことになる」

手に持っていた箸を下ろし、期待しているような上目遣いを見せる心々乃を見て、一人一人の性格の違いがわかる言葉をしみじみ思いながら、

「もちろ――」

と、話を固めようとした瞬間だった。

タイミング悪く、テーブルに置いていた心々乃のスマホが揺れ始めた。

通知の一回ではなく、一定の振動を続けながら。

「あ……。少し電話取ってもいい？　美結お姉ちゃんから」

「うん、ごゆっくり」

丁寧に確認に頷けば、応答のボタンを押してスマホを耳に当てた。

「もしもし。どうしたの」

『心々乃！　友達から今教えてもらったんだけど、あんた今遊斗兄ぃと居――』

全てを聴き終える前に内容を理解した心々乃。

することは一つ。耳をスマホから離し、無言で電話を切ったのだ。

通話時間はたったの五秒といったところだろうか。

「…………え？」

「迷惑電話だった」

「美結さんからだよね!?」

と、当然の反応をする遊斗に当たり前の顔で言う心々乃がいる。

「気にしなくて大丈夫……。それより、今日一緒に帰ろうね。遊斗お兄ちゃん」

「あ、ああうん。四限が終わる頃にはこっちから連絡を入れるようにするから」

「待ってる……」

目を細めながらコクコクと頷く。

心々乃は再びうどんを含み、今日一番の美味しさを噛みしめていた。

＊　＊　＊　＊

時刻は十六時四十分。

「おまたせ……。待った……？」

「全然だよ。余った時間で自習をしてたから」

「ならよかった」

四限の講義が終わった後、昼休みと同じ集合場所で遊斗と無事に合流を果たす。

（これからデートするみたい……）

ラブコメ作品のイラストを手がけた時と同じようなシチュエーション。ふとこんなことを思いながらトコトコと近づいていく心々乃は、少しぎこちなくなる。

「今日の講義はどうだった？　頑張れた？」

「……頑張ったけど、疲れた」

「はは、当たり前のこと聞いちゃったか。講義時間も長いしね」

「ん……」

大学やその環境に慣れたらもう少し楽になるのだろうが、まだ慣れてはいない。苦労も人一倍だ。

「じゃあ、ちゃんと頑張った心々乃さんには――はい。プレゼント」

「え？　あ、ありがとう……」

遊斗は手に持っていたコンビニの袋を差し出してくる。

その袋を両手で受け取り、中を覗いてみれば……チョコレートやバームクーヘン、プリンなどの甘いお菓子が入っていた。

「これ、本当にもらっていいの？」

「お昼を奢ってもらったお礼も兼ねてね。明日も頑張ろうね」

「う、うん……」

こんな差し入れをもらえるとは思っていなかった。抱えるように持てば、袋の底がしっかり冷えていた。

（嬉しいな……。優しいな……）

これだけでもわかる。合流をする前に買ったものだと。

コンビニで買い物をする時間を計算して、自習を終わらせてくれたのだと。

繊細な気遣いをされているとわかり、心の中がどんどんと温かくなっていく。

（義理のお兄ちゃんは、みんなにこんな優しいのかな……）

身近にそういう人がいなかっただけに、こればかりは判断がつかない。だが、こんなに優しくはない気もする。

「あ、荷物は僕が持つよ？　一緒に帰るわけだしね」

「う、ううん。大丈夫」

「そ、そう？」

「そう」

心配そうに首を傾げながら聞かれ、結論はすぐに出る。

やっぱり、みんながこんなに優しいわけがないと。

「安心して。こう見えてもわたし、力ある。見て」

力こぶを見せるために長袖を捲って右肘を曲げる。

「ほら、盛り上がってる」

「えっと……それは盛り上がってるかな？」

「触ってみる？　硬くはなってる」

「いや、それは大丈夫！　力があるのはわかったよ。うん」

「……？」

こちらを見ないように目を逸らしている遊斗だが、腕を見られたり、触られたりするくらいはなにも恥ずかしくない。

「じ、じゃあ行こっか」

「ん、遊斗お兄ちゃんのお家に」

長袖を戻しながら答えれば、パタパタと両手を振られる。

「待って、さすがに送ってもらうわけにはいかないよ。お兄ちゃんだし。送るのは僕の方」

「子ども扱いしなくて大丈夫……。わたしはもう大人。あと、真白お姉ちゃんよりも身長大きい」

（お仕事もしてる……。えっちなイラストも描ける……）

心の中でさらに言葉を加えるが、これは当然伝わらないことである。むしろ伝わったら困ることである。

「子ども扱いしてるわけじゃないよ。心々乃さんのことが大事だから」

「は、恥ずかしいこと言ってる……」

「本心だから仕方ないの」

「じゃあ……わかった。嬉しいから甘える」

「ワガママ言ってごめんね、ありがとう」

「ううん」

送るにしても負担がかかるはずなのに、時間がかかるのに、電車賃だってかかるのに、逆にお礼を言われる。

お世辞や皮肉のようなものでなく、本当に感謝しているように。

誰もができるわけではない素敵な行動に対し、心々乃は小さな恩返しをすることにする。

「……送ってもらうかわりに、遊斗お兄ちゃんにわたしのお家教える。近くに来たら、寄り道してね」

『仕事バレのリスクがあるから、住んでいる場所は教えない方がいい』

というのが三姉妹共通の意見だったが、学食で仕事のことを追及されなかったのだ。

問題ないと判断した上でのこと。だったが——。

「本当⁉ それじゃあ桂坂駅に行くことがあったら、マンションに寄らせてもらうね」

「え……」

最寄りの駅。そして、『マンション』の言葉で頭が真っ白になる。

「遊斗お兄ちゃんは知ってるの……？ わたし達のお家……」

「部屋番号までは教えてもらってないけど、バイト終わりに美結さんと一緒に帰って、その時にね。美結さんから聞いてない？」

「聞いてない……」

これは心々乃にとって衝撃的な内容。

（教えない方がいいって最初に言ったの、美結お姉ちゃんなのに……）

そんな経緯があるからこそ。

また、『一番に教えられる』なんて気持ちがあったからこそ、この発言はショックを受けることだった。

（本当にみんな抜け駆けするんだから……）

昔と変わらず油断も隙もない。改めてそう思う。

でも、今回ばかりはモヤモヤすることはなかった。

今手に持っているコンビニ袋――遊斗が〝自分のために〟買ってきてくれた食べ物があることで。

（じゃあもうこれはわたしの独り占め……）

ぎゅっと袋の取っ手を握り、強く思う。

甘いものに目がない真白に見つからないように。美結からつまみ食いされないように。

あの家には危険人物が二人もいることで。

「ね、この差し入れ……真白お姉ちゃんと美結お姉ちゃんには内緒にしてほしいな……」

「そのくらいなら全然」

「嬉しい……」

これで心々乃にも〝二人だけのこと〟を作ることができた。

長女と次女が知る由もないことで、やっと差を埋めることができた瞬間である。

ご機嫌さが溢れるように微笑を浮かべる心々乃は、今の感情に身を任せるように遊斗との距離をもう一歩縮める。

自分の肩が相手の体に当たってしまうくらいに。

(……)

ツッコミを入れられることも、改めて距離を取られてしまうことも覚悟していたが、幸いなことにそんなアクションはなにも取られない。

自由にさせてくれる遊斗だからこそ。甘えたい気持ちがどんどんと湧いてしまう。

抜け駆けをされた分だけ、心々乃も抜け駆けをしたい気持ちに傾いてしまう。

「……ゆ、遊斗お兄ちゃん……」

気づけばもう、心々乃の口は勝手に動いていた。

有無も聞かず、腕を伸ばして、遊斗の指先を五本の指で握っていた。

「ッ、ちょ……」

「だめ……?」

「そんなことは……ないけど……」

「じ、じゃあこのまま……。電車案内する……ね」

「あ、ああ……！　そ、そういうことね⁉」

「電車間違えると、大変だから……」

「あ、ありがとう。こんなに気を利かせてくれて」

「ん……」

恥ずかしくて言えなかった。ただ手を繋ぎたくなったなんて。

こんなことに慣れてないから、甘えることも苦手だから、手順も悪かった。

自分勝手な気持ちで困らせてしまった。

でも、納得してくれた。

沸々と湧いてくるのは達成感と喜び。嬉しさ。

（……やった……）

手に遊斗の温かい体温が伝わってくる。ゴツゴツした指の感触が伝わってくる。

それも嬉しかった。

もっと独り占めしている気持ちになれたのも嬉しかった。

ただ一つだけ――。

こんなことをしたばかりに遊斗の顔を見られなくなってしまった心々乃だった。

＊　＊　＊　＊

「遊斗お兄ちゃん、わたし達のお家入る？」

「家の中に……？」

未だ指先を握られながら、そんな言葉を心々乃からかけられたのは、電車を使って最寄り駅に着いた後のこと。

「美結お姉ちゃん、お家いる。真白お姉ちゃんは夕方くらいに帰ってくる。会いに行けば喜ぶと思う」

「そう言ってもらえるのは嬉しいけど……迷惑に思わないかな？　予定に入ってなかったことだし」

「もう少し、一緒にいたい」

「い、言うね⁉」

表情を変えずに言い切る心々乃。予想もしていなかった言葉に大層驚く遊斗だが――。

「あと、美結お姉ちゃんからの電話をぶち切りしたから、いてほしい」

「ん？　それ絶対僕を壁にするつもりじゃない？　もう少し一緒にいたいってよりも、人壁目的だよね？」

「一緒にいたい方が強い気持ち」

「本当かなあ？」

「ん」

疑いの言葉に対して堂々と否定しているが、流れが流れ。そう信じられるものではない。

ただ、これが心々乃の精一杯である。

どんどんと恥ずかしくなったが故の言葉。

これに気づくことができるのは、真白と美結の二人だけだろう。

「だから、お家来て」

「そこまで言われたら……わかった！　じゃあ少しお邪魔させてもらおうかな。正直、みんなと顔を合わせたい気持ちはあって」

「じゃあちょっと待ってね。まず連絡しなきゃだから」

「よろしくね」

育ちがいいと言うのか、歩道の端に寄った後に歩みを止めてポケットからスマホを取り出す心々乃は、白魚のような綺麗（きれい）な指を動かして電話をかけるのだ。

——この間も手を繋いだまま。

スピーカーにはなっていないが、スリーコールの音を遊斗が聞いた後、電話が取られた。

「もしもし。美結お姉ちゃん」

『あ、心々乃ッ!!』

「うん、わたしだよ」

『わたしだよ、じゃないでしょ！　あんたよくもあそこで即切りして！　帰ってきたらお仕置きだかんねマジでー！』

『ムキー！』とした美結の声が漏れて聞こえる。

確かに『怒られる』と言ったことが現実になっているが、心々乃はなに一つとして動揺していない。

そのまま電話を続けるのだ。

「あのね、美結お姉ちゃん」

『なに⁉』

「今から遊斗お兄ちゃん、わたし達のお家に連れて帰る」

『え⁉　は、はあ⁉』

驚くのも無理はないだろう。口数が少ない彼女であるばかりに唐突な言い方になってしまってもいて。

『ちょ、今仕事してるんだけど！　それよりもめっちゃラフな格好なんだけど！』

「……ラフな格好、普段よりも可愛く見えるって雑誌のアンケートに載ってた」

『じゃあラフのままでいっかー！　とかなるわけないじゃん‼』

かなり焦っている様子が電話越しに聞こえているが、華麗な一人ツッコミも聞こえてくる。

『ちなみにあと何分くらいで着くわけ⁉』

「十分もないと思う」

『お、おけ。とりあえずわかったから、できるだけゆっくり歩いてきて！　あたしも準備あるから！』

「わかった。お仕事部屋(あそこ)は鍵(かぎ)してね」

『当然だって。それじゃ、マジでゆっくりきてね』

「ん」

最初は怒られていた心々乃だが、いざ電話が終わってみれば仲の良いやり取りに変わっていた。

これぱかりは遊斗としても安心するところで、電話が終われば綺麗な顔を向けてくる。

「それじゃあ行こ」

「うん。って、通話の内容が聞こえるところがあったんだけど……美結さんは在宅で働いてるんだ？」

「わたしも真白お姉ちゃんも在宅で働いてる」

「全員で⁉　それすごいね……」

「ん」

ここでほんのりと表情を崩す心々乃である。

深堀りされるわけにはいかない仕事内容だが、褒められるのは嬉しい。

秘密裏に活動しているだけに、友達から褒められたことが一度もないのも相まって。

「だけど、詳しいことは言えない……」

「そこは大丈夫だよ。美結さんに追及したりもしないから」

学食でも同じ会話をしたのだ。

一体どんな仕事をしているのか……。その興味はさらに強いものになっているが、心々乃の気持ちを踏み躙(にじ)ることはしたくない。

理性を保って一線を引く。

その中で一つだけ伝えておきたいことがあった。

「ね、心々乃さん」

「……なに?」

「みんなのお仕事、陰ながら応援してるからね」

「っ」

詳しいことはなにも知らない、どんな職業なのかも見当つかない遊斗だが、お金を稼ぐことが大変なのは知っている。

「だからさ、もしなにか困ったことがあったらいつでも僕を頼ってね。言えないこともあるだろうけど、全力で力になるから」

「う、うん……。ありがとう……」

柔らかい笑みを浮かべながら伝えれば、心々乃は繋いだ手をギュッとしながら、足元に顔を向けるのだ。

熱くなる顔に、暖かく感じる心に。その全てを一生懸命に隠すように。

そんな心情を知る由もない遊斗は、気持ちが入りすぎたことを気恥ずかしく思いながら、三姉妹の住む自宅に歩みを進めるのだった。

綺麗で豪華なエントランスを構える高層マンションの十五階。

「帰ってくるの早いって心々乃!」

「これでも遅く帰ってきた方……。エレベーターも少し待った」

「いやいや、この早さはエレベーター待ってないでしょ」

その1509号室の玄関では、早速の言い合いが始まっていた。

「待ったよ……。ね、遊斗お兄ちゃん」

「一応はそうだね」

ここで二人の会話に入れてくれるように話を振ってくれる。

「マジで⁉　あ、遊斗兄ぃども」

「この前ぶり。って、美結さんお家じゃメガネしてるんだ?」

「へ？」

遊斗の言葉に頓狂な声をあげる美結は、慌てたように両手で目を押さえ——すぐに縁の大きい丸メガネを取ったのだ。

かけていることに今気づいたように。

「美結お姉ちゃん、『あたしのメガネ姿はダサい』って言って家でしかつけないの」

「そうなの？　十分似合ってると思うけど」

「遊斗兄ぃホントに思ってる？　これだよ？」

お世辞を言っていると思っているのだろう。眉を顰めながらもう一回メガネをつけ直す美結。

当然、本心を伝えているため、似合っているという感想は変わらない。

「うん、すごく似合ってるよ」

「ふーん……。なんかセンスがアレな気もするけど、遊斗兄ぃがそう思ってるならこのままでいっかな」

なぜか口撃された遊斗は苦笑いを。その一方で、嬉しそうな声を出している。

「っと、立ち話もなんだしとりあえず中に入りなよ」

「ん、美結お姉ちゃんの言う通り。リビング行こ」

「ありがとう」

二人に促され、初めて三姉妹の住んでいる家にお邪魔する遊斗である。

ジロジロ見るのは失礼だとわかっているが、本当に広い廊下である。

リビングに着く前に五つのドアが目に入る。

そのうちの三つがそれぞれの自室で、残りはお手洗いとお風呂場に繋がるドアだろうか。

ツヤのある床を歩いて正面のドアが開かれれば——。

「う、うお……」

目に映るのは、外の景色が一望できるガラス張りの窓。開放感のあるオープンキッチンに、清潔感ある白いカーテン、統一感のある配色で揃えられたインテリア。

落ち着きある雰囲気を纏った一室になっていた。

「結構綺麗にしてるでしょ？」

「本当にそう思うよ。美結さんがいつも綺麗にしてるの？」

「全然。真白姉ぇのおかげ」

「お掃除とか一番厳しいから……」

「あはは、それは簡単に想像できるかも」

家庭的な性格を持っている真白なのだ。

散らかるようなことをすれば、腰に両手を当てて、二人をビシバシ注意していそうだった。

「それにしても本当にいい部屋だね。マンションの外観からそうだとは思ってたけど」

「まあ三人で住んでるから、それなりに広くないと不便だしね」

「これを聞くのは野暮なんだけど……家賃の方は大丈夫なの？」

あまり触れるところではないのだろうが、義兄という立場上どうしても気になってしまう。

「まあそこは大丈夫だよね、心々乃」

「ん。家賃は三等分」

「あっ、そっかそっか！　三等分ならそこまで高くなるわけでもないのか」

「そうそう。さすがにこの部屋を一人で払うのはしんどいって」

学費のことも考えて困窮していないか心配だったが、この言葉を聞いて一安心する。

「……遊斗お兄ちゃん、ソファー座ろ」

「じゃあお言葉に甘えて」

「心々乃、それ言うのマジで遅い。せっかく言うの譲ってあげてたのに」

「タイミングが摑めなかっただけ……。美結お姉ちゃんがすぐ話すせい」

「ねえ、遊斗兄ぃはどう思う？　心々乃がただ口下手で言えなかっただけじゃない？」

「違う。美結お姉ちゃんのせい」

喧嘩するほど仲がいいというのか、これが二人の関係なのだろう。また言い合いが始まった。

今度は自分も巻き込まれて。

「まああたしのせいでいいや。傷ついた分は遊斗兄ぃに慰めてもらお」

ソファーに座りながら長い言い争いになることを予想していたが、そんなことはなかった。

『構って』というように隣に座ってくる美結だった。

「……遊斗お兄ちゃん、蹴(け)っていい。美結お姉ちゃんを」

「はは、そんなことできないよ」

無表情で。さらに倒置法の強調と蹴る動作を加えた心々乃に思わず噴き出して笑ってしまう。

「なら美結お姉ちゃん、もっと離れて。……近づきすぎ」

「二人で学食食べて、その雰囲気を崩したくなかったかなんかで電話ブチ切りしてきた心々乃には言われたくないいんだけど」

「……」

「もっと言えば、一緒に帰ってきたわけでしょ。さすがに虫が良すぎるでしょ」

「そんなことない……。一緒に帰ったけど、普通に帰っただけ」

冷蔵庫にコンビニ袋を仕舞い、お茶を取り出してコップを準備している心々乃に対し、呆(あき)れ混じりに口を開く美結である。

「普通に帰ってきたとか嘘でしょ。心々乃のことだから手とか繋いだんじゃないの？」

「……っ、美結お姉ちゃんじゃないから、そんなことしない」

「あっそ。今の言葉は信じないけど」

「なら……美結お姉ちゃんのお茶は注(そそ)いであげない」

「そーれはちょっと勘弁してよ。別に注いでくれてもいいじゃん」

「やだ」

喉が渇いていたのか、一瞬で下手に回った美結である。

一人暮らしを続けている遊斗にとって、こんなわちゃわちゃした空間にいられるのは本当に嬉しいこと。

明るくなれるためずっと聴いていたいほど。

この時、笑みを浮かべながら静観する遊斗は、ソファーの生地を手で数回と撫でていた。

それは、手に残っている心々乃の手の感触を薄めるために。

自分の反応から、心々乃が嘘をついていると美結に悟られないために。

そして、その作戦はある意味成功と言えた。

「——えい」

「ちょっ……」

と、あざとい声を漏らし、動かす手の甲に手を重ねてくる美結がいたことで。

「今完全に誘ってたでしょー？　この手」

「そんなことないよ⁉」

「……美結お姉ちゃん、あとで叩く」

家の中に入ってたったの数分でさらににぎやかになるリビングなのだ。

退屈の『た』の字すらない時は過ぎ、カーテンから夕焼けの光が差し込んでいた。

「お、真白姉ぇも帰ってくるって。今最寄り駅に着いたって連絡きた」

「時間過ぎるの早い……」

「本当にね」

リビングでSuittu（スイッツ）というゲーム機を起動させ、パーティーゲームで時間を潰（つぶ）していた三人。

自宅にゲーム機がない遊斗は、スマブロというゲームで義妹二人に完敗するばかりだったが、十分に楽しめていた。

また、煽り合いをしながら戦う美結と心々乃を微笑ましく観戦しながら笑っていた。

「美結お姉ちゃん、優斗お兄ちゃんがお家いること……ちゃんと伝えたの？」

「いや、これっぽっちも伝えてないよ。そっちの方がサプライズ的な感じで喜ぶかなって」

「僕なんかがサプライズになるかな……？」

プレゼント品ならまだしも、『人』である。不安が芽生えるのは当たり前だが、美結と心々乃の考えは違った。

「ん、なる」

「だよねー。真白姉ぇまた会いたいって言ってたし」

「もし嘘だったら真白さんに怒ってもらうからね？」

「マジだから大丈夫だって！」

「……美結お姉ちゃんの見た目がチャラチャラしてるから、疑われる」

「それとこれは関係ないでしょ！」

もうずっとこんなやり取りをしている二人。ここに真白が合流すればもっと賑やかな空間になるのは間違いないだろう。

この中に溶け込んでいると、一人で住んでいる家に帰ることが寂しく感じてしまう遊斗。

もちろんこれは口に漏らさないことでもある。

「まあ話を戻して、真白姉ぇの出迎えは遊斗兄ぃにお願いしていい？　玄関に立ってもらうだけでいいからさ」

「今から準備してた方がいいかな？」

「メールの送信時間から考えるとー、あと十分後の待機で大丈夫そうかな」

「真白お姉ちゃん歩幅が小さいから……お家に着くまで時間がかかるの」

「あっ、はは。なるほど」

『ちょっと遅いような』なんて表情を見破った心々乃が丁寧に説明を入れてくれる。

「遊斗兄ぃ、その納得は真白姉ぇにプンプン怒られるよ？　あと心々乃の説明も」

「美結お姉ちゃんも怒られる。説明中に否定しなかった」

「……」

カウンターを食らったように顔を背ける美結。

各々怒られることを悟った三人は苦笑いを浮かべ、そんなやり取りから七分後である。

「じゃあここで待機よろしく」

「もうちょっと斜めの方がいいと思う……」

「確かにこっちの方がすぐ気づきそうか」

左腕を美結が掴み、右腕を心々乃が掴み——玄関で入念な立ち位置の調整が行われていた。

「じゃあもうすぐ帰ってくると思うから！　あたしはどんな反応するかこっそり見とくね」

「わたしも」

「はは、多分期待してるような反応は返ってこないと思うよ？」

「真白姉ぇのことだから絶対驚くって。遊斗兄ぃも覚悟してた方がいいよ」

「そうだといいけどなぁ……」

この自信ありげな言い分から、玄関で出迎えをして驚かせることも多いのだろうと思う遊斗は、洗面所に入っていく二人に手を振って一旦別れを告げる。

途端に静かになる玄関で待っていれば——予想していた通り、すぐに訪れるのだ。

パタ、パタ、パタ、と小さい歩幅の足音が外から聞こえてくる。

この要素一つで人物がわかってしまうのは、なかなかないことだろう……。

姿勢を正して出迎えの準備を整えると、鍵穴に鍵を差し込む音が聞こえてくる。

次に『ガチャ』っと解錠音が鳴り、ドアがゆっくり開き――。

「みんなただいまっ！　お姉ちゃんが帰ってきたよ～！」

元気な声を上げて笑顔で帰宅した彼女に、「おかえりなさい、真白さん」と、当たり前の顔を意識して出迎える遊斗。

このトタンだった。

「……」

「……」

動きが、表情が、全て石化したような真白が生まれた。

半歩だけ玄関に入り込んだまま、口をあんぐりしたままの真白がいる。

「…………」

「…………」

目が合ったまま、十秒にも二十秒にもなる無言。

パチパチとまばたきしながら様子を窺（うかが）っていたが、もうこれ以上は我慢の限界である。

「真白さ――」

と、口にした時。

「ぁ、ぁ……あふぁっ」

声にならない声を上げて、『ガチャン』と、玄関ドアを勢いよく閉めた真白だった。

「え……。ま、真白さんッ‼ちょっ、真白さん逃げないで⁉」

「ひひっ」

「ふふ……」

急いで靴を履いて玄関ドアを開ける遊斗は、二人の笑い声を耳にしながら、『わー』とパニックになっている彼女を追いかける。

背中越しでも揺れ動いているのがわかる大きな胸から視線を逸らし、彼女を捕まえることができたのは、エレベーターの前。

「う、うー……。まさか遊斗さんがいらっしゃってたとは……」

「驚かせちゃってごめんね」

「一瞬、私の頭がおかしくなっちゃったんだと思いました……」

「あはは、そうじゃないから安心してね」

「あ、あの、お出迎え、本当にありがとうございました。……嬉しかったです」

「どういたしまして」

本当に驚いたのだろう。

そして、『また会いたい』と言ってくれていたことも本当だったのだろう。

湯気が出ていそうなほど顔を真っ赤にしながらお礼を言う真白と二人で自宅に戻った後。

「まったく……。まったくもう……。美結、心々乃。あとでお説教だからね。二人のせいで遊斗さんに変なところ見せちゃったんだから……」

　トントントントンとリズムよく包丁を動かしながら料理を作る長女は、頬(ほお)を膨らませながら先ほどの不満を伝えていた。

「まあまあ。あたしも心々乃に驚かされた一人だから勘弁してよ。おかげでこんなラフな姿でいるわけだし」

「……でも連絡しなかったの、美結お姉ちゃんの提案。サプライズって」

「じゃあ一番怒らないといけないのは美結だね」

「そ、そこも大目に見てくれてよくない？　遊斗兄ぃが家(ウチ)にいたの嬉しかったでしょ？」

「む。ああ言えばこう言うんだから……」

　口を尖(とが)らせて呆れ混じりの表情を浮かべながらも、一切(いっさい)手を止めることなく野菜を切り終えた真白である。

「真白さん、なにか僕に手伝えることってある……？　ご馳走になる分はせめてなにかできたらって思って」

　全員の顔を見て帰るつもりだったが、『夕食に付き合ってもらえませんか？』とのお誘いをありがたく受けた遊斗であり、なにか恩返しをしたいところだった。

「でしたら今以上に二人に構ってもらえたらと。私が少し席を外した瞬間、いつも盗み食いする妹(いもうと)達なので。この前なんかサラダの上に乗せたカニカマが全部なくなってたんですよ！」

「あはは、了解しました」

「恥っず……。それは遊斗兄ぃにチクらなくてもいいじゃん……」

「同意」

「夕食まで待てない方が悪いです。いつも注意するのに守らない方が悪いです」

家事中なだけあって、今の姿の方がよりお姉ちゃんらしさが窺える。

ただ、(子ども用を選びたくはなかったのか)大人用のぶかぶかなエプロンを着ていることが、少し足を引っ張ってもいる。

「真白姉ぇが美味しそうな料理作るのも悪うと思いよね。ぶっちゃけ」

「ちゃんと隠さないのも悪い」

「そんな屁理屈は通りませんっ！」

二対一と人数で不利な構図だが、しっかり対抗できている真白。その間もテキパキと小さな体を動かしている。

「って、そこの二人はもう少し離れなさい。遊斗さんにくっつきすぎです。迷惑かけないの」

「はいはいわかったよ」

「ん……」

マルチタスクでこちらにも意識を飛ばしているのはさすが。

また改善をしなければずっと言われ続けることをわかっているのか、素直に離れた二人。

——と思ったのは、一瞬だけだった。

ソファーから降りた美結と心々乃は、なぜか絨毯の上で体育座りをして、脚に寄りかかってくるのだ。

「……え」

シンクロさせるような動きも相まって動揺の声を漏らせば、美結が『シー』と人差し指を口元に当ててニヤリとする。

「遊斗さん、気合いを入れて夕食を作るので楽しみに待っててくださいねっ！」

「あ、うん。ありがとう」

この声で理解した。

真白が見えない位置、キッチンからの死角を完全に理解した上での表情だったことを。

会話が一つ終われば、ニュース番組の音声がリビングに広がっていく。

この間、未だ脚にくっついている美結と心々乃は、テレビに視線を。

「……」

一人の家族として迎え入れてもらえているこの空間は、遊斗にとって言葉にならないくらい温かく感じるもの。

十数年と会えていなかった相手が昔のように、変わらない態度で接してくれるのは本当に嬉しいことで……『今以上に二人に構ってもらえたら』との真白のお願いを思い返せば、無意識に出ていた。

「……二人も、ありがとね」

この声と。二人の頭に伸ばす手が。

「っ‼」

綺麗な髪に優しく触れた瞬間、ビクッと体を揺らして見上げるのは心々乃で、美結は気にする様子もなくされるがまま。

二人とも嫌がる素振りも、避けようとする素振りもないが、おねだりをされていた昔とは違いを分別をつけなければならない。

感謝を伝えてすぐ手を離そうとすれば、その通りにはいかなかった。

「……」

目を大きくして驚いていた三女に、右手首を両手で掴まれたことで。

「あたし達に構わないとなんだからもっとでしょ。遊斗兄ぃ」

そんな心々乃の行動に補足を入れるのは、ニヤニヤしながらこちらを向く美結だった。

「はは……。そう言われると嬉しいような、恥ずかしいような」

「最初にしたなら、その責任は持たないとねぇ」

「ん……」

二人の連携の強さには驚くばかり。悦ばしいことだが、続けるという選択肢しかなくなってしまった。

「あ、遊斗さん」

「ッ、なに⁉」

こんなタイミングで声をかけてくるのは真白。

「美結と心々乃が私から見えないよーにしてるので、悪さをされたらすぐ教えてくださいね！　ちゃんと叱りますから」

「う、うんわかった！」

キッチンに立っている彼女に首を回しながら答え、戻したその矢先。

『悪さされてること言っちゃおっかな〜』なんて言いたげな目。

『やめたら言っちゃうぞ……』なんて言いたげな目。

この二つを妹から向けられ、苦笑いを作る他ない遊斗だった……。

それから何十分が経っただろうか。

平和な空間は続き、出来立ての料理が食卓に並ぶ時間になる。

全員で椅子に腰を下ろし、「いただきます！」と手を合わせて、ワイワイとした食事が始まる。

会話が途切れることもない家族団欒の時間は、昔ばなしにも花を咲かせた時間は、あっと言う間に過ぎていくものだった。

epilogue
エピローグ

「はあ……。とうとう帰っちゃったか……。マジ悲し」

「美結(みゆ)は引き留めすぎだよ。こんな夜遅くまで残らせるようなことして……」

「そんなこと言って、引き留めが成功したら喜んでた。真白(ましろ)お姉ちゃん」

「だよねえ。素直になればいいのに」

「そ、そんなことないもん！」

　時刻は二十三時過ぎ。

　エレベーターに乗った遊斗(ゆうと)を見送った後、三姉妹は自宅に戻りながらこんな会話を広げていた。

「ぶっちゃけた話、終電まで粘って家(ウチ)に泊らせたかったよね。あとちょっとだったし」

「みーゆー？」

「……ご、ごめんって真白姉(ねえ)。でもそのくらい楽しくってさ」

　ラインを越えた発言だったのは、むすーっとした表情から察する通り。

　謝りながら弁明する美結であり、それに続くのは心々乃(ここの)だった。

「……本当に楽しかった。美結お姉ちゃんの言う通り」

「も、もちろん私も楽しかったよ？　手料理も食べてくれて……って、本当に驚いたんだからね⁉　お家に帰ったら遊斗さんがいたこと‼」

と、ここで思い出したかのように急に話が飛ぶ。

これは三人になった瞬間からずっと真白が言おうとしていたこと。

両手で握り拳を作りながら、それはもう感情を込めて訴えていた。

「ぷふっ。あれマジでさ、ぴゃーって逃げてくとか思わないって！　笑いすぎて息できなかったんだから」

「あんなに早くドアが閉まるの、初めて見た」

「二人のせいでしょ！本当に恥ずかしいところ見られちゃったんだから……」

あの時のことを思い出し、両手で頰を摩りながら羞恥に耐える長女だったが、いの一番に玄関のドアノブに手をかけて二人を先に中に入れる。

余裕のない状態でも、こうしたところはしっかり者のお姉ちゃんである。

「それにヒヤッてしたんだからね？　お仕事のこと大丈夫なのって」

「まあ仕事部屋は鍵を閉めて何回も確認したし、特に追及されなかったしね。多分、心々乃が前もって言ってたんだろうけど」

「ん。でも、遊斗お兄ちゃんならどんなお仕事でも応援してくれる……よ。みんなもそう思ったはず」

「秘密を共有できたらもっと仲良くなれそうだよね」

「それでも教えちゃダメだよ⁉　ええええっちなの描いてるんだから‼」

特定の仕事を否定する遊斗でも、嫌な顔をする遊斗でもない。というのは関わって確信していること。

だが、気持ちがついていかないのは当然。

——異性として見てしまっているならば、なおさらのことで。

「まあ勢いで言っただけだからあたしも言う勇気はないけど、今日でめっちゃ前進したよね。今日こうして過ごせたわけだから、次も余裕で家に呼べるし」

「今度は遊斗お兄ちゃんにお泊りしてほしいな……。大学も一緒に行きたいな……」

もじもじと両手を合わせながら願望を漏らす心々乃は、たったこれだけで顔を赤らめてしまっている。

「じゃあ明日お泊まりの件を聞いてみよっか！　今日はもう夜遅い時間だから」

「う、うん……」

「一回きりのお泊まりにならなければいいけどねえ」

泊まってくれそうなのは、断らなさそうなのは、遊斗の雰囲気でわかること。

だが、二回目三回目と繋がらないかもしれないという懸念が美結にはあったのだ。

「心々乃はいつでもどこでもくっついてそうだし、真白姉ぇは一人早起きしてしれっと遊斗兄ぃに甘えそうだし。要はめちゃくちゃ迷惑かけそう」

「美結お姉ちゃんにも似たこと言えるのに……」

「それはそうなんだけどねえ」

「じ、じゃあ私がとにかく厳しくしないとだ！」

「……あー。だね」

「ん……」

目に力を込めて気合い十分の真白だが、厳しくしたところで怖くないのだ。ちっちゃな身長と童顔のせいで抑止力が生まれないのだ。

また、厳しくしたところで遊斗の優しい言葉に流されることはわかっているのだ。

『意味があまりない』『期待してない』というのは二人の返事から見ての通りだろう。

「もし遊斗さんが泊まってくれるならどうしよう！　あっ、まずはお布団と枕を買っておかないとだねっ！　アイマスクも必要かな⁉」

「それは気が早くない？」

「あとはお菓子とジュースを用意して……！　スマホはどこだ〜」

「完全にスイッチ入っちゃったよ。こんな時間から」

「……じきに戻ってくる」

パタパタと廊下を駆けてリビングにスマホを取りに行った真白。ご機嫌なままに通販サイトを漁(あさ)るつもりなのは言うまでもない。

「『終電まで粘って』って言って怒られたけど、もし粘れたら一番に喜んでるじゃんあの様子だと?」

「それ言ったらまた怒られるよ」

「100パーセントだねそれ」

二人で顔を見合わせ、笑みを浮かべながら二人もリビングに向かっていく。

「……それにしてもまさかだよね。あの時に会った人とこんなことになるなんて」

「みんなで言い合いしてたの、懐かしい」

言葉足らずの美結だが、心々乃はちゃんと理解している。

『誰(だれ)が一番優しい人に会ったのか』なんて討論していた時のことを。

「美結お姉ちゃんは、やっぱり困る?」

「え、なにが?」

「言ってたから。あの人が遊斗お兄ちゃんなら『絶対嫌だ』って。『変な目で見そう』だからって」

「あ、あー、それのことね」

言われてすぐにハッキリとした記憶を思い出す。

「まあそれはなんて言うか……秘密」

「そっか」

「その代わりと言ってはなんだけど、大学に入ってから彼氏作るぞーって息巻いてたじゃん？あたし。……あれしばらく取り消しってことで」

『バカなこと言ってた』と両人差し指を使って、苦笑いでバッテンを作る美結と、目を細める心々乃がいた。

そんな二人がリビングに入れば、スマホを触りながら絨毯の上でペタンと座っていた真白が——なぜかこちらを見て待っていた。

期待を膨らませているような、キラキラした顔で待っていた。

「……どしたの真白姉ぇ。なにか言いたそうにしてるけど」

「あ、あのね！　これは私がお料理してる時に気づいたんだけど、プリンとかチョコとかバームクーヘンとか入った袋があったんだけど……あれは誰が買ってきたのかな⁉　私一つ食べてもいいかな⁉　甘いものを食べながらだといい商品見つけられそうな気がするの！」

「出たよそのヘンテコ理論。心々乃が買ってきたやつだよ。それ」

「……真白お姉ちゃん」

「うんっ‼」

「もし食べたら、お尻蹴る」

「っ⁉」

「寝てる時、油性ペンで落書きもする」

この言葉により、ぱあとしていた真白の表情が一瞬で変わるのだ。

「いや、心々乃も心々乃でどしたの？　いつも食べさせてあげるのに、今日だけめっちゃ攻撃的じゃん」

「……とにかく、ダメなの」

急いで冷蔵庫を開けた心々乃は、奥に隠していたコンビニ袋を取り出して、守るように抱きしめる。

その目は、獲物を狙っている敵をしっかり捉えている。

「あー、なるほどねえ。それ遊斗兄ぃからもらったやつでしょ。一緒に帰ってきてたし」

「そ、そうなの⁉　心々乃ズルいよっ‼」

「しかも学食も二人で食べてるしね、心々乃ってば。マジでズルいことばっかりしてるよ」

「全部、二人が抜け駆けしたせい。だからこれもあげない。胃もたれしても、大切に食べる」

「むー！」

「真白姉ぇは素直にコンビニ行こ。抜け駆けのこと言われたらもう言い返すことないって。実際言い返せてないけどさ」

『むー』しか言えない不満がその証拠。

テーブルの上に置いた財布を握り、心々乃が守っている（特別な）コンビニ袋を物惜しげに見ながら玄関に向かっていった。

「それじゃ、あたしは仕事のメールを返してくるかな」

「わたしはこれ食べる」

「気が向いたらあたしにちょうだい」

「やだ」

「ひひ、そう言うと思った」

最終的に和かなやり取りが終われば、それぞれ別れることになる。

そんな中でみんなが考えるのは――遊斗がお泊まりしてくれた時について。

二人きりで過ごした時のことを思い返し、そんな遊斗と夜も朝も一緒にいられることを想像すれば、自然と胸が高鳴る。

人には言えないイラストを描いた時の内容と、どこか重ね合わせてしまうこともある三姉妹だった。

あとがき

新年明けましておめでとうございます！

2月刊行の作品ということで、こちらのご挨拶をするにはかなり遅くなってしまっているのですが、是非お伝えしたいなと！

余談ですが、わたしの初詣のおみくじは小吉でした！


さて、この度は『大学入学時から噂されていた美少女三姉妹、生き別れていた義妹だった。』をお買い上げいただき本当にありがとうございます。

今回初めて義妹を扱ったジャンルに挑戦したこともあり、自信がつくまで見直しや修正を重ねましたので、楽しくお読みいただけましたら幸いです！


また、可愛いイラストで本巻を華やかにしてくださったイラストレーターのポメ先生、本当にありがとうございます。

綺麗なイラストを拝見する度に、さらなる活気をいただいておりました！

加えて、本作に関わってくださった皆様にも感謝申し上げます。

ご協力いただきましたおかげで、本作が陳列している姿を見ることができました。

本当に嬉しい思いでした。

それでは最後になりますが、数ある作品の中から本巻をお手にとってくださり、誠にありがとうございました！

わたしの今年の抱負は『とにかく頑張るっ！』ですので、たくさんのことをめいっぱい頑張ってまいります。

そして続刊ができますことを祈りまして、あとがきの方を締めさせていただきます！

夏乃実（なつのみ）

ファンレター、作品の
ご感想をお待ちしています

〈あて先〉

〒105-0001
東京都港区虎ノ門2-2-1
ＳＢクリエイティブ（株）
GA文庫編集部 気付

「夏乃実先生」係
「ポメ先生」係

本書に関するご意見・ご感想は
右の QR コードよりお寄せください。

※アクセスの際や登録時に発生する通信費等はご負担ください。

https://ga.sbcr.jp/

大学入学時から噂されていた美少女三姉妹、生き別れていた義妹だった。

発　行　　2024年2月29日　初版第一刷発行
著　者　　夏乃実
発行者　　小川　淳

発行所　　SBクリエイティブ株式会社
〒105-0001
東京都港区虎ノ門2-2-1

装　丁　　AFTERGLOW

印刷・製本　中央精版印刷株式会社

ISBN978-4-8156-2263-3
Printed in Japan　　GA文庫

毎晩ちゅーしてデレる吸血鬼のお姫様

著：岩柄イズカ　画：かにビーム

「ねえ、しろー……ちゅーしていいですか？」

普通の青春を送るため上京してきた紅月史郎(あかつきしろう)は学校の帰り道、吸血鬼のテトラと出会う。人間離れした美しさとスタイルを持つ彼女だが、実は吸血鬼なのに血が苦手だという。史郎は新鮮な血でないと飲めないというテトラの空腹を満たすため血を差し出す。「そこまで言うなら味見してあげなくもないのですよ？」と言いながらひと口飲むと次第に表情がとろけだし――？

「しろーの、もっと欲しいです……」

なぜか史郎の血と相性が良すぎて依存してしまいテトラの好意がだだ漏れに!?　毎晩ちゅーをせがむ吸血鬼のお姫様とのデレ甘ラブコメ！！

試読版は
こちら！

試読版は
こちら!

ホームセンターごと呼び出された私の大迷宮リノベーション！

著：星崎崑　画：志田

ある日のこと、ホームセンターへ訪れていた女子高生のマホは、突然店舗ごと異世界へ召喚されてしまう。目を覚ますとそこは、世界最大級の未踏破ダンジョン『メルクォディア大迷宮』の最深部だった！　地上へ脱出しようにも、すぐ上の階にいるのはダンジョン最強モンスター「レッドドラゴン」で、そいつ倒さなきゃ話にならない状況。唯一の連れ合いは、藁にもすがる思いでマホを呼び出した迷宮探索者のフィオナのみ。マホとフィオナのホームセンター頼りのダンジョン攻略（ただし最下層スタート）が始まる。

これは、廃迷宮とまで言われたメルクォディアを世界最大の迷宮街へと成長させた魔導主マホ・サエキと、迷宮伯フィオナ・ルクス・ダーマの物語である。